■ 献给宽则

谁能照顾人

——战时中国的文学与文化研究

范雪 著

东南大学出版社

·南京·

图书在版编目（CIP）数据

谁能照顾人——战时中国的文学与文化研究 / 范雪著.
南京：东南大学出版社，2019.12

ISBN　978-7-5641-8627-2

Ⅰ．①谁… Ⅱ．①范… Ⅲ．① 中国文学 – 现代文学 –
文学研究 Ⅳ．① I 206.6

中国版本图书馆 CIP 数据核字（2019）第 254990 号

谁能照顾人——战时中国的文学与文化研究

Shui Neng Zhaogu Ren：Zhanshi Zhongguo De Wenxue Yu Wenhua Yanjiu

著　　者：范　雪
出版发行：东南大学出版社
地　　址：南京市四牌楼 2 号　邮编：210096
出 版 人：江建中
网　　址：http：//www.seupress.com
经　　销：全国各地新华书店
印　　刷：兴化印刷有限责任公司
开　　本：700 mm × 1000 mm　1/16
印　　张：10.75
字　　数：205 千字
版　　次：2019 年 12 月第 1 版
印　　次：2019 年 12 月第 1 次印刷
书　　号：ISBN　978-7-5641-8627-2
定　　价：48.00 元

本社图书若有印装质量问题，请直接与营销部联系。电话：025-83791830

东大中文·新学衡文库

编委会名单

前　言

　　《谁能照顾人》是我研究丁玲的一篇论文的标题。这篇论文与此次收入本集的关于战时文学与文化的论文，是同一时期的作品，都以我在六年前完成的博士论文为基础，或重写，或修改而成。本来，应该把这篇文章放进来，再援引文章的标题为书名，但因文章的定稿暂时还出不了炉、见不了人，而我又舍不得把这个书名换掉，所以这本书的标题就还是这五个字。

　　主标题要紧，因为它说的是最关键的意思。1936年到1938年，随着红军长征和中国共产党在陕北的种种事迹于大众媒体上被报道出来，"到陕北去"成为许多人的愿望。这里面，有些人对神秘的中国共产党有无限的好奇，要去看看这些崇高的理想主义者是什么样子；有些人1930年代就在党的领导下从事左翼文化工作，抗战爆发带来了"文化战线"和"军事战线"在延安汇合的新格局；更有一个数量庞大的青年人的群体，从山西、从西安，靠着两只脚一步步地走在通往延安的沟壑梁峁之中。这些人是去陕北的主力，也是我最关心的群体，他们的行动力和快速变化的生命轨迹，不只是一种"青春"的特征，反映的更是广泛的安身立命的问题与时代气氛，在这个问题上，可能个人的行动总带有存在主义的色彩，但我们还是能在具体的历史里，找到把人的存在托起来的体制上的和精神上的东西。

　　我在23岁时选了1930年代的左翼电影作为硕士论文的研究对象。关于电影的几篇文章这次也收进文集了。左翼电影是年轻的电影，它的从业者大多是年轻人，它讲的故事也是青年的生活。左翼电影在1930年代留给我的最后的身影，是要么跳进黄浦江，要么走上十字街头。十字街头其实是一个大大的问号，绝非终局。而此时全国抗战爆发，延安横空出世，使十字街头的路终于有了某一个方向上的延伸。从史料看，当年中国的年轻人选择去延安的具体情境，有的是因为战争失学，徘徊在武汉、重庆的城市街头，他们无法在政府提供的短时训练机构中找到未来，因此要去延安为人生谋一条确实的路；有的虽然仍能在中学或大学安稳读书，但已不能接受国家危难之际还安坐校园里学科学、搞学术的生存状态；有的年轻人的苦闷，则深深地嵌在现代中国青年精神史中关于出走和革命的冲动里。当然，毋庸置疑，到延安去的青年是对中国的左翼政治和左翼文化抱有很深的好感、同情和向往的一批人，他们当中的大多数也在日后成为新中国的重要干部。浅浅地看上去，上述种种并不稀奇，但情感倾向、明确的立场和最终发生的行动，对于个人来说，都有极其重大和惊心的意味；而它们共同形成的1940年代的社会风尚和历史趋势，已非只是这十年间的事，而关系着中国的现代道路及其特征。

"谁能照顾人"这个问句，不是要人回答"延安"。1940年代中共根据地内部也在进行着各种探索和尝试，但根据地的社会治理、共产党的作家们的作品，都表明"谁能照顾人"这个提问法是理解新社会的重要方式。如果我们把它看作是在现代中国各类结构激烈动荡和重整的过程中，对个人与世界之关系、对人的安身立命、对人的多层次幸福的询问的话，它想问的可能也正是文学、电影与艺术总是关心、总是忘不了的事。

本书的主体部分第一辑是我近五年内关于战时文学与文化的已刊成果，由7篇学术论文组成。这些论文过去分别发表在《文学评论》《文艺研究》《文艺理论与批评》《新诗评论》等刊物上。此次收入本书时，各篇文章都做了若干正误。此处，我要特别感谢东南大学出版社的编辑们，他们对本书的审校认真且准确，指出不少我的粗心，也让我有机会对文章做出修补，让白纸黑字少留些遗憾。文集的第二辑由3篇关于电影的文章和1篇关于晚清小说的文章组成。它们算是我读过、看过、关心过，并且多少做过一些研究性考察的领域，在宏旨上也不是与战时文化所连带的中国现代进程没有关系。此次收进来，一是记录过去确实做过的一点工作，二是期待未来在合适的问题视野中能做一些融通。

在学术中谈论文学艺术作品，其实是很难的事。近几十年来，中国现当代文学研究者的探索已超出文学作品的范围，深入到20世纪中国革命、社会、行动、意识形态、知识与知识分子，以及文学与上述诸领域之激烈碰撞的细密肌理中。使用的材料则从作品、版本、文学报刊，扩展到各类报纸杂志、社会史料、视觉和声音材料、档案等。这本文集第一辑的7篇文章也大多是偏向历史的研究，只有2~3篇论文是依靠分析文学作品而立论的研究。这本不值得多说，但我想文集的这个面貌其实缘于一些看似偶然的论文发表偏好，以及在正在进行的工作中，我试图把文章修改成将作品地位摆放得更重的一类研究。文学作品及其文学性的存在感,现在在我关于一些宏观问题的意识中变得越来越突出。理想的文章还没有做出来,但这是我给当下选的努力方向。

感谢东南大学人文学院"双一流"经费资助本书出版。

范　雪

南京,2019.1

目　录

第一辑

红色中国的数重身影:

1930—1940年代西方人关于中共根据地的写作

　　1930—1940年代,不少来华的西方人对中国共产党感兴趣并到访了中共根据地,他们在根据地的经历以及关于这些经历的作品,在当时造成了很大的影响,促成许多人了解、向往中共。这些西方人为什么亲近中共? 他们如何理解中共? 要回答这两个问题,除了从他们自身的立场与想法中寻找逻辑外,更重要的是揭示其立场的来源或立场形成的机制,而这与20世纪前半段的若干国际性的历史趋势有关。

　　抗战期间西方人关于中共及其根据地的写作共同塑造了红色中国的经典的正面形象,这也是我们现在对当时共产党的诸多感受与认识的来源之一。但若更仔细地看,这些作者的身份、背景,以及对根据地的体验都相当不同,他们对红色中国的描述其实有多个层次。本文不求全面概述这些作品,而是挑出三类在出发点、视角、经历与兴趣上完全不同的作品加以讨论,重点是探明各类写作背后的不同立场及其形成的渊源。论文以斯诺开启讨论。他是考察红色中国书写不可绕过的人物,同时也代表了现代新闻的立场与方法。第二部分考察一位有机会比斯诺更早为中共立传的作者弗来敏,他代表了一种当时颇为老派、正在逝去的关注中国的目光。第三部分讨论两位英国人的晋察冀之旅,特别关注照片这类图像材料如何呈现晋察冀的地理与风景,以及风景表达想说出的关于根据地的气质的话。

斯诺: 现代新闻的发现之旅

　　长征后的陕北中共成为舆论热点,得力于1936年埃德加·斯诺(Edgar Snow)对陕北的采访和《红星照耀中国》(*Red Star Over China*)的出版。斯诺和陕北中共的这次碰撞是一次双向选择,选择发生的平台是当时在中国已经颇为发达的现代新闻业。

　　长征之前，偏居江西的红军很少能在国内媒体上介绍、宣传自己，国内的知识界和中产阶级受国民党宣传或中产阶级报刊的影响，对中共和红军的印象不太好。长征后，毛泽东意识到共产党需要有新的形象，因此在红军到达陕北后没多久，他就产生了大力宣传长征的愿望，宣传的主要目的是赢取外界对红军的援助。1936年3月中共中央打算向参加过长征的同志征集关于长征的文字，编辑长征回忆录，但因此事不很紧迫就搁置下来。到了8月份，毛泽东和政治部主任杨尚昆联名向各部队发电征稿："现有极好的机会，在全国和外国举行扩大红军影响的宣传，募捐抗日经费，必须出版关于长征记载。"[1]这个不能忽视的好机会，就是斯诺的到访。

　　斯诺第一次来中国是在1928年。他在上海的《密勒氏评论报》做了一名记者。两年后斯诺在云南、东南亚和南亚做了一次长时间的旅行。1933年他到了北京，在燕京大学新闻系任教。斯诺的这些经历，看上去像是外国人在异域的漫游式旅行，但其实无论在上海、北京，还是东南亚、印度，斯诺的身份与行动都有一个鲜明的专业背景，即新闻业。斯诺的本科教育在密苏里大学新闻学院完成，这个学院是世界上第一所专门的新闻学院，可以说，在来中国前，斯诺在美国接受了当时世界上专业性最强的新闻学教育。更重要的是，20世纪前半期，美国在东北亚的新闻行业几乎完全由这个学院的毕业生主导[2]，斯诺称之为"密苏里的新闻垄断"[3]。这意味着初来中国的记者斯诺，天然地处在一个已经成立并在壮大中的中美新闻行业交往合作的网络中。对斯诺而言这个网络中的关键要素有：密苏里新闻学院院长威廉斯（Walter Williams）的介绍信帮助他拓展在华美国媒体圈的人脉与工作机会；《密勒氏评论报》的老板约翰·鲍威尔（John Powell）是他的校友；以1933年移居北京为界，在中国的前五年，斯诺依靠密苏里校友在远东新闻领域的牢固网络站稳脚跟，为在美国和中国的英文媒体提供中国消息；1933年他受聘至燕京大学新闻系当讲师，这所学校的新闻系正是由斯诺的母校援助建设；在燕大工作期间他继续为中国和美国的英文刊物做中国观察员。在燕京大学的几年，斯诺遇上了因日军南

---

　　[1]　参见《〈红军长征记〉影印本》序言，桂林：广西师范大学出版社，2006年，第1-3页。

　　[2]　从1920年代到1946年，密苏里大学毕业的在中国和日本工作的记者多达41人，见 John B.Powell. *Missouri Authors and Journalists in the Orient*. Missouri Historical Review, Volume 41 Issue 1, October 1946, pp.45-55.

　　[3]　Edgar Snow. *Journey to the Beginning*. New York: Random House, 1958, p. 31.

进引发的激烈的学生运动。也正是因为新闻业者这个职业所携带的特证,斯诺与他同是记者的夫人海伦·斯诺投身到报导和帮助学运的活动里。通过这些学生,斯诺接触到了不少左翼人士。这些左翼不是他在上海认识的左翼知识分子,而是一些拥有组织身份的干部,在这些干部的身后就是当时已经完成了长征的共产党与红军。[①]

概括而言,1928—1936年的八年里,依托密苏里新闻业者的关系,斯诺发展起一个惊人的社会网络。这包括稳固的跨国界的英语媒体网络,在上海结识的宋庆龄和包括鲁迅在内的中国左翼文学家们,以燕京大学为中心的学院氛围浓厚的在京美国社群和基督教圈子,北京高等学府中明显左倾的爱国学生。这意味着,在1936年赴陕北前,斯诺的在华经历,已足够使他形成一些比较稳固的对东亚、中国和共产党的判断。在下面的分析中,我们将看到,斯诺的判断不是他一个人的想法,而分享着上述的他的不同社交圈的态度与情绪。并且,斯诺的政治态度与他的记者身份,特别是他在这个身份之下对中国的观察,是直接关联的。

初到上海时,斯诺很多关于中国的想法来自美国在华新闻人持有的普遍观念。1920—1940年代在华的美国记者特别关心日本、苏联和中国的区域局势,以及美国如何处理自己的东亚角色。英国在亚洲的强势让他们很在意,较晚来上海的美国人需要在各个方面和英国人竞争。围绕着《密勒氏评论报》的美国记者希望中国强大,反对其他国家对中国的独霸。斯诺的老板约翰·鲍威尔与国民党关系密切,他非常支持蒋介石政府。斯诺认可这种“亲华”立场,但不喜欢国民党。作为记者,他的采访工作接触到的主要是社会底层和国民党政府官员。1929年,斯诺采访了绥远的大饥荒,在萨拉齐目睹了令人震惊的悲惨,他看到“一些村庄公开地买卖人肉”[②]。采访灾荒对斯诺来说是一个偶然事件,但似乎正是这个偶然事件,奠基了斯诺对中国的基本感受。在随后几次和政府官员的交往中,国民党干部没能给他留下好印象。同时,1930年代

---

① 关于斯诺的经历可参见 S.Bernard Thomas. *Season of High Adventure*:*Edgar Snow in China*. California: University of California Press,1996, pp. 73-77; Robert M. Farnsworth. *Edgar Snow's Journey*: *South of the Clouds*. University of Missouri Press, 1991;范雪:《到陕北去:燕京大学学生对斯诺〈红星照耀中国〉的翻译与接受》,载《文艺理论与批评》2016年第4期。

② Lois Wheeler Snow. *Edgar Snow's China: A Personal Account of the Chinese Revolution Compiled from the Writings of Edgar Snow*. New York: Landon House, 1981, p. 99.

欧洲迅速兴起的法西斯主义让斯诺警惕,而当时的国民党正大力地学习德国经验,斯诺逐渐把蒋介石与希特勒、墨索里尼划在一起。[①]

1933年斯诺到燕京大学新闻系做讲师,他在这里认识了许多爱国学生,认为他们是真正能够改变中国的新的中国人。斯诺夫妇参与到学生们激烈的街头政治活动中。之后不久,斯诺获得了前往陕北的机会。在与左翼学生的接触中,斯诺看到了这些学生是有希望的中国人,在随后的对中共的访问中,斯诺沿着这个思路,发现了更有力量挽救中国的中国人。就像在"一二·九"运动中尽力帮助学生一样,斯诺倾力维护处境艰难的中国共产党,并完成了第一本实地采访、报道中共的作品——《红星照耀中国》。

在去陕北前,斯诺对共产党的兴趣主要在三个方面:中国和西方国家的关系、中共的社会政策,以及中共与苏联的关系。临行前,他给了中共方面一份问题清单[②],这些问题提出的角度明显体现出斯诺作为美国记者的身份感,斯诺是为美国媒体供稿的,面对的是关心中国政治、中美关系、共产党问题的美国人。因此,在中共如何对待西方国家的问题上,美国在华的既有利益是他关心的重点。但是,当斯诺离开陕北时,之前的关心已经退居次要位置了。斯诺在苏区逗留了近四个月,去了保安、吴起和红军在甘肃与宁夏的前线,见到了包括毛泽东在内的许多红军将领。采访期间,中共全力配合斯诺,展示了各种有可能引起斯诺兴趣的东西。这方方面面都意味着,斯诺获得了超越预期的巨大信息量,此前对中共与美国关系的关心不得不后退,让位给中国共产党的革命历史。

斯诺在1936年6—10月间对陕北的访问主要通过两种方式展开:谈话和观察。在前一种活动中,中共是主动方,向斯诺提供信息。在后一种活动里,斯诺是主动者,在语言不通的情况下,他通过观察来判断和评价中共。而就成书后的《红星照耀中国》来看,中共提供给斯诺的信息毫无疑问成就了最有分量的几个章节:介绍了共产党基本政策的"在保安"(*In"Defended Peace"*),第一次向外界完整披露毛泽东生平经历的"一个共产党员的由来"(*Genesis*

① Edgar Snow. *Journey to the Beginning*. pp.134-138.

② 这些问题有:对帝国主义总的方针、中国苏维埃对帝国主义条约态度、承认北京条约及国民党所订之条约如何、外款承认与否、对外国教师之转变(是否承认他的财产)、中国对美国政府及群众希望些什么、对美国关系、中国赤化以后是否在莫斯科统制下、中国与各国反法西斯能否结成同盟。见程中原:《有关斯诺访问陕北的史实补充和说明》,载《党史文汇》1998年第4期,第7-10页。

of a Communist），介绍国际瞩目的红军"长征"（*The Long March*），介绍陕西苏区历史、现状与政策的"红星在西北"（*Red Star In the Northwest*）。其中，最重要的当属毛泽东和斯诺的对谈，这也是中国共产党第一次完整讲述其革命历史。毛泽东和斯诺一共进行了5次谈话，主题分别是毛泽东的个人的经历、长征、论反对日本帝国主义、论统一战线、中国共产党和世界事务。毛泽东还给了斯诺一份完整的自述，斯诺几乎没做修改就发表在各大英文报刊上。这份自述涉及毛泽东个人成长史、共产党的成长史和中国革命史。斯诺发现在谈论江西苏区时，"毛泽东的叙述开始超出'个人史'的范畴，逐渐升华为一个异常伟大的运动，虽然他在此运动中占主导地位，但却看不到作为个人的存在"[①]。毛泽东向斯诺梳理了陈独秀和俄国顾问鲍罗廷的错误、中共从秋收起义到古田会议的步步稳固、李立三的错误以及党从长征到陕北苏区的成功。虽然初到陕北时毛泽东还未建立绝对权威，但斯诺的写作已经使毛泽东成为舆论上中国共产党的唯一领袖。不仅毛泽东的生平成为最先见报的重磅新闻，毛泽东的照片也广为流传。

　　采访苏区前，在华的八年经历使斯诺形成了对中国政治的基本判断。他认同中共革命，不信任国民政府。这一方面体现了在华美国记者的普遍观点，另一方面，也和斯诺个人倾向左派的社交网络有关。我想再次强调，斯诺的记者身份在某种程度上决定了他的态度和行动。新闻的使命要求他见人所未见、写人所未写。斯诺的陕北行揭开了中国共产党和红军的神秘面纱，他的采访和写作具有奠定范型的意义。在他之后，海伦·斯诺、福尔曼、史坦因等诸多西方记者的写作使"红色中国"成为持续性的话题，访问毛泽东则是所有接近中共的西方人的愿望。随着这些记者成为新闻和出版领域的远东问题专家，他们开始对更多人产生影响，通过他们接触中国的西方人难免产生与他们相似的立场。比如，奥登和衣修午德受过史沫特莱、斯诺和艾黎的接待，他们在1970年代坦陈，当时关于中国的认识完全受西方记者影响，坚信共产党是中国之未来。[②]

---

① Edgar Snow. *Red Star Over China*. New York: Grove Press, Inc., 1968, p.172.

② 见*Journey to a War*的前言、再版序言。W. H. Auden, Christopher Isherwood. *Journey to a War*. London: Faber, 1973. pp.6-8.

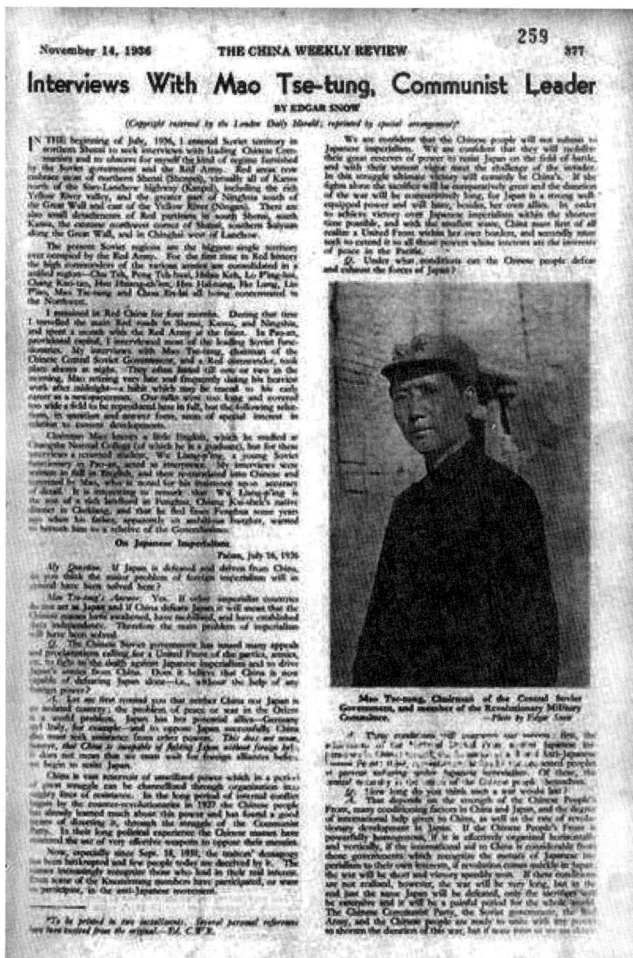

图1　斯诺采访毛泽东的长文刊发在1936年11月14日的《密勒氏评论报》上

去神秘的亚洲

　　从全球史的角度看,20世纪上半期世界的政治、经济与思潮的更新和变化可谓是风起云涌,这包括左翼思想与行动的高涨、共产主义运动的持续推进,以及以这二者为基础的、区别于西欧发展出来的民族国家模式的新世界图景;在战争一触即发的阴影之下,阵营化的思维模式盛行;亚洲国家的反殖民运动蓬勃发展；西式的社会分工、职业化与现代化在包括中国在内的亚洲国家不可遏制地迅速推进。斯诺的延安访问时时刻刻有上述全球浪潮的大背景。需要说明的是，斯诺书写红色中国的方式是在历史浪潮中的一类不断走强的趋势上，也就是说，现代新闻业的视野与方法将成为国际间交往的主流方式。同时，斯诺呈现的红色中国呼应了20世纪上半叶国际上的左翼热潮，这股热潮最高昂的那部分理想，即打破国家区隔与等级的结构，开创前所未有的人类共同体的理想，更为这个时刻的历史方向注入浓郁的未来感。但此时，一个即将过时的世界仍未完全退场，对这个旧世界的考察将有助于更恰当地在20世纪上半叶这个时间坐标上理解中国的位置。

在斯诺之前，英国《泰晤士报》驻华通讯员弗来敏（Peter Fleming）曾有机会成为历史性地访问毛泽东的第一人。1933年，弗来敏通过西伯利亚大铁路从莫斯科来到中国。1934年，他到了蒋介石的江西"剿共"前线，进而穿越江西、湖南、广东，以观察中国政治与中国共产党。在他之前，还没有外国人去过"反共"前线。尽管弗来敏当时还搞不清神秘且吸引人的中共领袖是叫"毛泽东"还是"毛东泽"[①]，但从他撰写的文章来看，弗来敏对中共历史与中央苏区现状的把握相当周全。比如，他注意到江西的红军与上海的中国共产党的关系，了解苏维埃的土地制度、作战兵力等方面的情况，指出中共的党指挥军的特征，判断红军将会离开江西，要么东进福建，要么北上。[②]弗来敏的这些文章部分发表在《泰晤士报》上，1934年以《独行中国》（*One's Company: A Journey to China*）为名结集出版。

在1934年的这个时刻，弗来敏拥有的信息非常珍贵，在关于中共的某些问题上，他自认为是"在世的最伟大的权威人士"，所掌握的信息"绝对是独家的，而且，我认为，是外国人所能掌握到的最准确的信息"，香港和上海的当局也都在急切地向他了解情况。[③]但弗来敏并没有太大的兴趣把红军制造成为新闻史上的经典，或凭借来自中共的独家信息引发国际轰动。全国抗战开始后，弗来敏在1938年又再度访问延安并在《泰晤士报》上发表了他的延安观

---

①　Peter Fleming. *One's Company: A Journey to China*. London: Jonathan Cape, 1934, p. 185.

②　参见彼得·弗莱明：《独行中国——1933年的中国之行》，侯萍、宋苏晨译，南京：南京出版社，2005年，第131-137页。Peter Fleming的名字有多种汉译，行文中统一用"弗来敏"，注释均遵照所引原书。

③　同上，第216页。

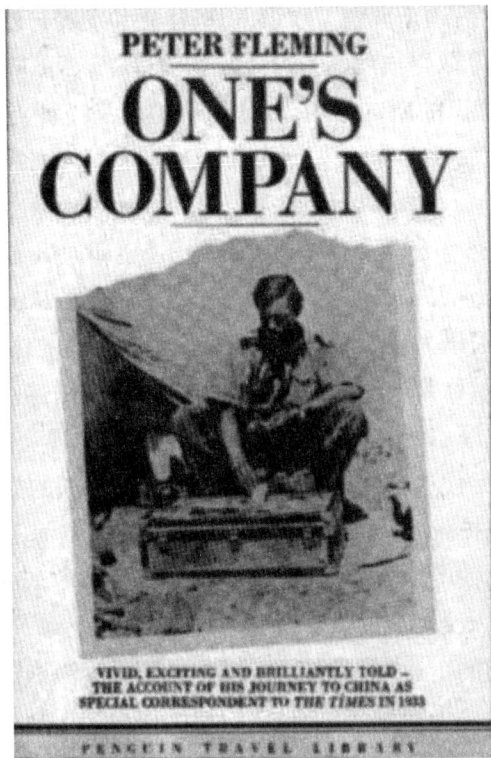

图 2　《独行中国》初版本

感。[①]这篇报道对延安的教育、八路军、毛泽东和延安的整体风气，都不吝赞赏。但此时的延安已掀开了神秘的面纱，中共与红军这个题材已完全烙上斯诺的名字，后来的西方记者的采访不再有一鸣惊人的效果与振聋发聩的影响力。但在四年之前，1934年的弗来敏却没有像1936年的斯诺那样在报道红色中国方面取得开拓性的成功，《独行中国》的影响也远不及《红星照耀中国》，以至我们现在几乎不知道有他和这本书的存在。

如何理解这种影响力的落差？客观来看，如本文第一部分所言，《红星照耀中国》系列文章的成功有赖于中共和斯诺双方面都具备的新闻运作的意识。同时，斯诺拥有比弗来敏更好的接近中国共产党的人际关系，而中国共产

---

① 彼得·弗来敏：《红色的延安》，载哲非译：《红色的延安》，上海言行出版社，1939年，第28-45页。载孙照海选编：《陕甘宁边区见闻史料汇编》（第一册），北京：国家图书馆出版社，2010年。

党在统一战线确立后逐渐调整了政策,积极建立和发展与外界的联系,这些都是《红星照耀中国》取得成功的不可或缺的前提。然而,同样重要的原因是,与有着极强新闻意识的斯诺相比,弗来敏怀抱的是一种更老派的探险兴趣。在来中国之前,弗来敏已在另一个国家广泛旅行,这些旅行的成果被编辑成书,名为《巴西冒险》(Brazilian Adventure)。《独行中国》出版之后,他继续在中国旅行,并于1936年出版了他最重要的作品《鞑靼通讯:从北京到克什米尔的旅行》(News From Tartary: A Journey from Peking to Kashmir)。显然,《巴西冒险》和《鞑靼通讯》是与斯诺的新闻写作截然不同的作品,当时著名的汉学家欧文·拉铁摩尔称弗来敏贡献了一种"独特的旅行书籍"[①],而这种旅行正属于弗来敏和拉铁摩尔所熟悉的一种朝向神秘未知的冒险传统。

从20世纪30年代这个时间点回溯,西方人在中国的探险旅行是伴随着西方在中国的殖民扩张展开的。我们熟悉"资本主义从海上来"的说法:受资本主义经济动力驱使的西方列强从太平洋上来,中国的东南沿海门户被迫敞开,中国自此被卷入全球化的经济与贸易里。广州、上海、青岛等城市吸引了很多西方人与他们的企业,成为传统中国与外面世界激烈碰撞的场所。在东部中国逐渐被世界认识的时候,一批在阶层上属于知识与文化精英的外国人开始关注中国的内陆边疆。来到这一区域探险的法国学者保罗·伯希和(Paul Pelliot)这样描述这种关注的发生:"俄国军队最终为进入那里廓清了道路。从此之后,地理大发现和考古大发现便接踵而至,层出不穷。"[②]发生在中国内陆边疆的现代探险由欧洲人主宰,在20世纪的前20年里极为活跃。一系列科学性的组织在中亚探险中发挥了巨大作用,它们也往往是探险活动的发起人与赞助人,其中最重要的是各类冠以博物馆、考古学会和"地理"之名的组织。

我们现在知道这些探险活动的考古学意义,但在当时,新疆是中亚地缘政治的敏感区域,俄国、法国、英国、德国等国家在亚洲大陆腹地的探险和科考活动,有明显的扩张与抢占势力范围的意思。这些活动发生的环境,在国民政府成立之后发生了很大变化。也许可以这样说,在20世纪最初的十几年里,中亚地区尚未形成精确的国境事实。在国内,人们关于西北几个省份的区域意

---

①　Owen Lattimore. *Review Work: News from Tartary.* Pacific Affairs, Vol.9, No.4, 1936, pp.605-606.

②　伯希和:《高地亚洲3年探险记》,载《伯希和西域探险记》,耿昇译,昆明:云南人民出版社,2001年,第3页。

识也跟现在不同,再加上内忧外患,特别是政治上的割据政权和列强造成的分裂,致使国家的内陆边疆出现相当的松动。国民政府成立后,这一状况发生变化,维护主权、领土完整与国家宝藏归属的意识大大提升,许多在新疆地区探险的西方人受到国民政府的监管,亦有人被驱逐出境。^①

　　这些在中国冒险的人的身份是混杂的。他们是冒险家,是科学家,也是中国政治和社会的观察者,是对中国有感情、一定程度上介入了中国时局的人。他们留意到共产主义的问题。在俄国十月革命之后,新疆成为共产主义活动的重镇,而中国本土的共产党也在逐渐壮大。著名探险家斯文·赫定谈到过新疆共产主义发展的问题^②,拉铁摩尔和弗来敏则更进一步,拜访延安,一窥神秘的中国共产党和毛泽东的真相。但他们关心中共的起点与斯诺所代表的方式和途径不同,或者可以说这是一个发现中国的混杂的时刻。当时西方人关于中国共产党的书写,一部分类似斯诺的报道,有很强的新闻性与政治倾向;另一部分则更多地与西方人在未知世界的探险,与整个亚洲的去神秘化和世界在地理去神秘的过程中被连为一体的进程有关。弗来敏属于后者。

　　一些旅行和写作兼有这两个类型,比如美国人哈里森·福尔曼(Harrison Forman)的中国行。福尔曼的身份不例外地与地理科学组织有关。他是美国《国家地理》杂志的摄影师、美国地理学会会员。1932年,福尔曼在西藏、青海、甘肃等地广泛旅行,并出版有关藏地冒险的作品《穿越禁地西藏》(Through Forbidden Tibet)。1940年,他的另一部作品问世。这本书有一个典型的异域冒险的名字:《地平线捕猎者——现代马可·波罗的冒险》(Horizon Hunter: The Adventures of a Modern Marco Polo)。这本书描述了福尔曼在大萧条时期来到中国销售军用和商业飞机,并以此为契机,在青岛、南京、上海、西藏、兰州、台湾和陕北、东三省、蒙古高原,以及日本、苏联和波兰的广泛漫游经历。福尔曼也到访了延安并采访了朱德、贺龙等红军领袖,但他的兴趣并不是将延安或他旅程中的任何一站做新闻专题式的发现与写作。这本书的题目"现代马可·波罗"表达了他的兴致,福尔曼在书的序言里定义了自己的旅行志趣:

---

　　① 参见杨镰:《斯文·赫定及其〈亚洲腹地探险八年〉》,载斯文·赫定:《亚洲腹地探险八年,1927—1935》,徐十周、王安洪、王安江译,乌鲁木齐:新疆人民出版社,1997年,第1-19页;耿昇:《译者的话》,载《伯希和西域探险记》,昆明:云南人民出版社,2001年,第1-41页。

　　② 关于1937之前新疆的局势及共产党的影响等问题,可参见斯文·赫定:《丝绸之路》,江红、李佩娟译,乌鲁木齐:新疆人民出版社,1996年,第276-293页。

探索、冒险、远方。①

　　但是，到了1945年，福尔曼出版了一本专门写共产党解放区的作品:《北行漫记》(*Report from Red China*)。1944年，经重庆政府允许，一批中外记者赴延安访问，这就是著名的中外记者西北参观团，福尔曼当时是记者团一员，他在中文语境里为人所知，主要就是因为这次访问及其作品 *Report from Red China*。与他之前关于中国的写作不同，这本书是非常典型的新闻专题性的作品。福尔曼在采访前递交了一份详细的给毛泽东的问题清单，并在书里详尽记录了他所观察到的共产党之于战争时局、中国政治和社会的意义。这本书很快就在1946年被翻译成中文出版，它有一个《西行漫记》姊妹篇式的名字:《北行漫记》。

　　弗来敏和福尔曼的例子提示我们，以红色中国为主题的冒险漫游式写作与新闻专访，在时间上有先后之别，而这个时间差正对应着当时在亚洲发生的一种新历史趋势:有关国家边界与国家权力的意识正在迅速崛起。1930—1940年代的中国共产党处在古典的地理发现与现代社会的新闻报道这两种目光的共同关照之下，它们对红色中国的呈现效果有很大差别。现代新闻从业者对异国的观察，比冒险家们更重视国家的意涵，更有意识地把对象处理为具有国际政治意义的话题。因此，斯诺创作的红军和毛泽东，既是新闻史上的典范，也构成了中国政治与国际政治的重磅事件。与之比较，弗来敏和福尔曼的漫游与写作更加个人化，也更浪漫。他们对红色中国感兴趣并对其政治意义具有意识，但却没有记者式的热情去处理这个题材。在新疆、陕北或中国其他地方的漫游，是在当时地理发现的视角下，整个世界去神秘进程的一部分，红色中国的种种政治和文化特色在这些漫游式作品里，往往被一带而过。1930年代之后，亚洲国家的边界和主权愈发清晰起来，这在客观上使个人化的、不断穿越边界的探险与漫游活动越来越受限。而在另一种逐步成为新主流的写作中，无论是斯诺还是写作《北行漫记》时的福尔曼，他们在陕北的访问与后续的出版活动都相当看重并尊重采访对象，新闻的焦点取代了冒险的漫游，强化着中国是国际政治中一个独立的现代国家的观点。中国共产党被他们认为是这个国家理想的领导集团。

---

① Harrison Forman. *Horizon Hunter: The Adventures of a Modern Marco Polo*. New York: R.M. McBride & Co., 1940, p.13.

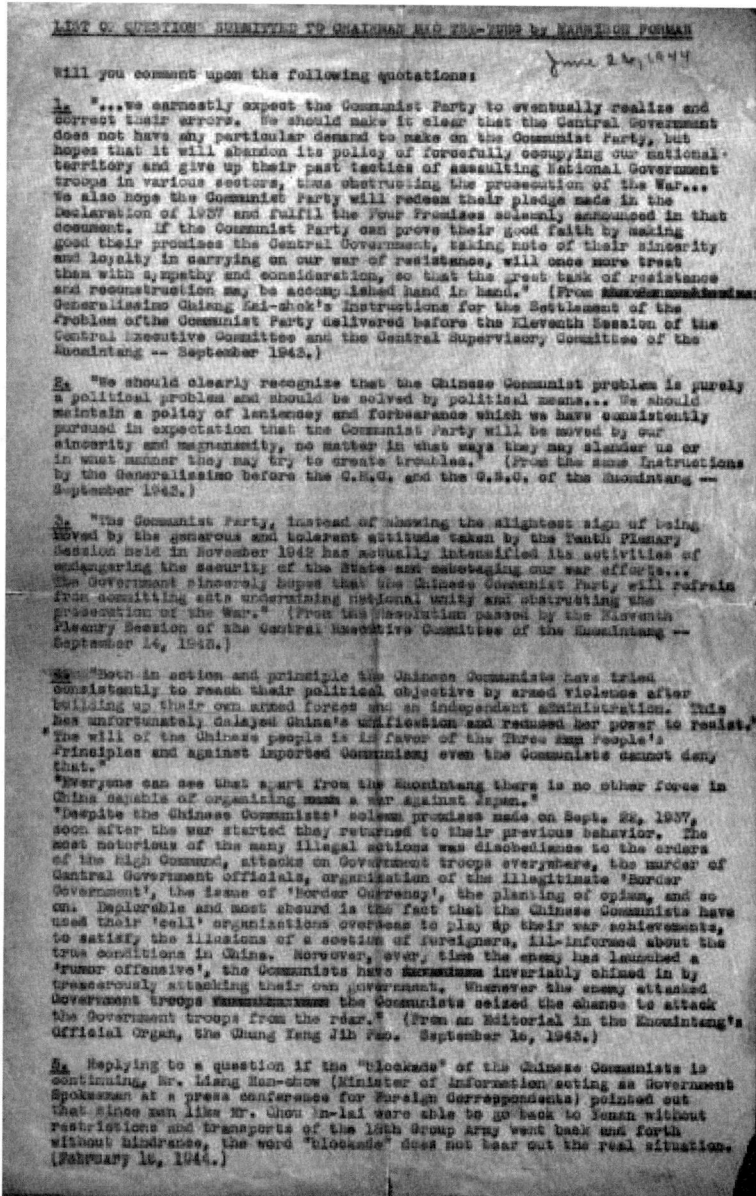

图 3　1944 年 6 月福尔曼"呈交给毛泽东主席的问题清单"（部分）[①]

---

①　该照片来自威斯康星大学密尔沃基分校图书馆数字馆藏中关于福尔曼的典藏。参见网址：http://collections.lib.uwm.edu/digital/collection/forman/id/10/rec/51，2018 年 2 月 11 日访问。

晋察冀风光与共产党的品质

在斯诺访问陕北后,有若干其他燕京大学的教师进入共产党游击区旅行、访问。与斯诺不同,他们的足迹大多在河北和山西,即当时的晋察冀,其中经济学教授林迈可(Michael Lindsay)和物理学教授班威廉(William Band)是最重要的两位。他们后来分别出版了记录其晋察冀旅程的作品《抗战的中共》(*The Unknown War: North China, 1937—1945*)和《新西行漫记》(*Two Years with the Chinese Communists*)。[1]1938—1944年间,林迈可先后四次进入晋察冀,最后一次是在1941年年底太平洋战争爆发、燕京大学已无力维持的局面下,林迈可夫妇与班威廉夫妇一起逃难到晋察冀根据地,并在根据地逗留至1944年。本文不打算全面分析他们在晋察冀的活动,而是通过考察他们留下的关于晋察冀的照片和文字,把握他们对晋察冀的感受中的某些重要判断。

林迈可的书以照片为主、文字为辅。书中照片的一个显著特征是,镜头对向了河北和山西的自然景观:山、水、林,以及自然环境中的村庄与人。比如图4,这是林迈可书中的第一张照片,横跨两页呈现了壮阔的太行山脉。图5是1941年林迈可夫妇逃离北京(注:当时称北平),向西南方向进入晋察冀游击区时路过的北拒马河河谷。这帧照片的元素很丰富,有石屋、河谷、山峦、大树、马匹和八路军战士等,林迈可的构图也很用心,照片颇有意境。事实上,林迈可拍摄的照片表现了相当多的河北和山西的自然景观,包括西山、河北小五台、狼牙山、晋冀交界的龙泉关、山西五台山、晋东南的太行山、永定河、沙河、唐河、滹沱河、拒马河、黄河、高粱地、玉蜀黍地、白杨林、中白岔村、西木桥村,以及未标注名字的若干山中小村。我们的问题是:林迈可为什么会拍摄大量的晋察冀根据地的风景照?在这本讲述晋察冀抗战的作品里,这些自然风景照片的意义是什么?

在战时中国的地图上,北平离华北的游击区很近,从燕京大学校园往西不

---

① Michael Lindsay. *The Unknown War: North China, 1937—1945*. London: Bergström and Boyle Books Ltd., 1975; Claire Band and William Band. *Two Years with the Chinese Communists*. New Haven: Yale University Press, 1948. *The Unknown War*一书初版本的封面上印有"抗战的中共"的中文标题,本文此处沿用这个标题;班威廉的书的中译本的标题是《新西行漫记》,此处沿用这个译名。

图 4 《抗战的中共》的扉页照片：太行山脉

图 5   林迈可第四次进入晋察冀时拍摄的北拒马河河谷

远,就进入西山范围。1941年年底,林迈可夫妇和班威廉夫妇正是从此处的妙峰山开启了晋察冀之旅。1937—1945年间,林迈可先后四次在晋察冀旅行:第一次从北平南下,活动区域在河北中部;第二次从任丘到高阳再到保定,然后继续往西,经阜平县到山西五台县,访问当时驻扎于五台的军区总部及司令员聂荣臻;第三次出北平往西南方向到达河北西部,随后跨过石太铁路到达山西东南;第四次从妙峰山往东南进入平西游击区,随后多次在晋察冀第一、二、三分区之间往返,1944年,林迈可一家从河北温塘附近出发,经雁门关和晋绥根据地,渡黄河到达延安。

不难看到,除第一次旅行外,林迈可其余三次的活动都在太行山区。太行山属于砂岩中的嶂石岩地貌,由薄层砂岩和页岩形成,容易风化,因此太行山多丹崖绝壁和阶梯状陡崖,山脉临华北平原的东侧为断层构造,落差达到1500米左右。虽然今天的华北水资源紧缺,但在历史上,华北地区水域丰富,从太行山发源的河流众多,这些河流在山脉中自西向东横流并切出众多深险峡谷。同时,太行山虽险峻,但完全不是未开化之地。众所周知,华北地区是古代文明的蓄含之所。太行深山中,自古已有以太行八陉为代表的交通系统打通东西,山中众多的山谷、坝、塬和盆地上散布着小村庄。这些深山中的村庄也许不清楚外界世变,比如,林迈可在山沟里见到了明代装束的老妇,但战争实际上已经不允许任何山村有超然存在的状态,各种政治势力在太行山中展开争夺,日军已经进入太行,而共产党的八路军和游击队则以这片崇山峻岭为家。

在林迈可和班威廉的表述中,太行山川美丽、高贵、独一无二。这在与林迈可对其他地方的描绘作对比时,可以更明显地察觉。林迈可夫妇的逃难之旅以1944年从晋察冀到达延安告终。在延安,二人有了安定的居所和更重要的工作,但林迈可却坦言,虽然延安的物质条件比晋察冀好很多,但远不如晋察冀令人愉快。在他的描述中,这些不愉快包括延安荒凉的自然景观、机关的官僚作风和烦琐程序。林迈可的这类感受皆以他在晋察冀的生活经历为参照对比:相较于华北前线,延安离战争远一些,林迈可认为这导致延安的人们缺乏一种昂扬的竞争状态;延安人的生活比晋察冀的八路军要稳定得多,林迈可感到这让人不在状态;他在延安也感受不到在晋察冀时人与人之间交谈的自由。^①当然,重庆更加没法跟太行山区相比。1940年夏天,林迈可第三次访问晋察冀后到了重庆,他描述这座城市气氛压抑、工作环境艰难。这些很大程度上要归咎于重庆糟糕的气候:午夜气温高达35摄氏度,且非常潮湿,同时城市的建筑在空袭爆炸后的大火里炽烈地燃烧着。林迈可拍了一组重庆的照片(图6),传递了这座火烧火燎的城市的沮丧。^②

图6　1940年夏天,林迈可在重庆拍摄的战争状态下的城市

与林迈可夫妇同行进入游击区的班威廉夫妇对晋察冀和其他地区进行了更鲜明的对比。他们这样描写1944年离开延安经四川至重庆一路的观感:"过惯了华北生活的人们,走到这里,几乎像置身于史前的时代。水牛像小恐龙,

---

①　Michael Lindsay. *Yenan, May 1944-November 1945*. in *The Unknown War*:*North China*, *1937—1945*.

②　Michael Lindsay. *Chungking, 1940*. in *The Unknown War*:*North China*, *1937—1945*.

各处奔走着爱笑的农民像原始人类,使我们自己的骨节也渐渐有僵化的感觉。在一个镇上,有一群农村小伙子都被粗绳捆着,由几个大兵押着走,这就是依照国民政府颁布的征兵法令弄来的壮丁。最后到达重庆,这个大都市是一切罪恶的成果,放在古老常青的乡村之中,显然极不相称。"①

在林迈可和班威廉对晋察冀与其他地区之间存在重大反差的观感中,自然环境扮演了重要的角色,如气温、湿度、空气、景观和物候。但是,显然并非纯粹的华北风光战胜了延安、四川和重庆,而是一种关于晋察冀的综合体验,让他们感到满足并深深怀念。这种体验既关乎风景,也关乎人,即华北共产党的军官、士兵和根据地的农民。在林迈可和班威廉的体验中,风景与人互做诠释。他们能把握环境,也能理解人,他们所体认的晋察冀根据地山中的旅程和生活,不但不是狭隘和枯燥的,反而呈现为亲近壮美的自然胜景带来的震动与领略当地生活所产生的无穷快乐。他们既身处于晋察冀之中,又以外人的身份观察着此间的风光、物候与人事,他们在作品里对晋察冀的赞美,反映了这块根据地独特的品质。

在太行山中,林迈可和班威廉都醉心于山村。林迈可精心选择了一些珍贵的角度拍摄了数个小村庄,比如图7的中白岔村和图8的西木桥村。这些山村无一例外都风光秀美,成就秀美的最重要的因素是村舍格局与建筑完全融合在周围包括山石、树木和地形在内的环境中,农业的田园风光也与自然景观相当匹配。林迈可无疑有此敏感,他在拍摄这些乡村时,把镜头拉远,把包容乡村的整体格局与气氛都拍入照片。事实上,在本文论及的不少西方人的写作中,倾心于中国的农业风光是一个共性。比如弗来敏在沈阳附近的空中看到的大地:

> 那些精心分割的四四方方的土地非常对称、经济。沟渠阡陌犹如尺子画就,纵横交错,分割着深浅不同的绿色庄稼。格局精美,浑然天成,是无数年代和悠久传统逐渐形成的产物,它令人百看不厌,就像量身规划的新兴的英国花园般的郊区和美国小镇那样规则。它赋予这片土地以一

① 班威廉、克兰尔:《新西行漫记》,斐然、何文介、吴楚译,北京:新华出版社,1988年,第359页。

种尊严,让你对这儿的人民怀着敬意。①

农业劳动有天然的自然属性,它比其他的人类劳动更容易与风景融为一体,成为欣赏的对象。同时农业劳动也诉诸理性、规划、忍耐与坚持。弗来敏看到的阡陌交错的农村风光,正是这两者结合后呈现的景观,他认为中国人的特点和气质就在其中。

班威廉在晋察冀群山中的乡村里,似乎感受到了更幸福、愉快的景致。他描述了这样的风光、人事与情绪:

> 在前一天我们还漫步于麦田中,沿着小渠走过那长着大柿子的小村落,又沿着一条小径走过一座枣树丛,小径之旁是一座小山,小山上种着荞麦,一条一条的作阶梯形。我们见到那些美丽的昆虫在疯狂地采吸着花蜜;我们自己也呼吸了些醉人的枣花香和荞麦花香。我们又攀登了那座看上去像一只大癞蛤蟆的小山,在山巅上瞭望山谷里的景色,举首仰视,可以见到飞鸟在有节奏地飞翔着。这时节大地、禽兽与人类已与大自然结合成为一首和谐的诗篇。金色的麦已快成熟了,在阳光中闪闪地发着光。②

> 我们是为了这里的人们在社会方面已有了显著的进展而欢乐,是为了令人喜悦的春天气氛而欢乐;我们乃是在与那个可爱的乡区里的一切生物们,如戴胜鸟、欧椋鸟、喜鹊、苍鹭等等共同欢乐;我们途经一个长而迂回曲折的山谷,山谷两旁满是正在开花的杏丛,我们走过这样的山谷,一路上满心的欢乐;我们又途经一个叫作龙王堂的富有画意的小村落,村中有一所构造坚固的庙,隐藏于柿树丛及大块的多苔藓的山石之中,我们是为了有机会走过这样一个小村落,而觉得心中欢乐;我们途经散发着清香的麦田,又经过两岸栽植着百合且绿叶成荫的河渠,我们为途经这样的所在而欢乐……③

————————

① 彼得·弗来明:《独行中国——1933年的中国之行》,侯萍、宋苏晨译,南京:南京出版社,2005年,第61页。

② 班威廉、克兰尔:《新西行漫记》,斐然、何文介、吴楚译,北京:新华出版社,1988年,第143页。

③ 同上,第204页。

图7   1943 年 5 月 至 9 月，林迈可一家生活在河北阜平县的中白岔村

图8   1943 年 9 月，为躲避日军的大规模进攻，林迈可一家转移至深山中的西木桥村

关于根据地军事、民主、合作社或军民团结抗战的材料不计其数,班威廉写的这些抒情性很强的文字,虽不涉及历史事实诸方面,但在对风景、光色、静物和气味的描写中渗入了对晋察冀根据地气质的把握。我们可以用一系列形容词来说明这种气质,比如自然、愉快、和谐等。但在根本上,人的活动的痕迹将自然风景化了,八路军和村民使太行山里的山石草木成为被欣赏并富有含义的东西。晋察冀的自然地理和物候,因此都携带着这里的八路军、游击队与普通农民的气质,所以在林迈可拍摄的照片里,我们也能看到与上面的抒情段落一样的气氛。

图9-图12是林迈可拍摄的八路军和游击队的日常:行军、放哨、开会和渡河。根据地部队的这些活动我们不陌生,但林迈可的照片凸显了一个很少被论及的话题:八路军和游击队在晋察冀根据地的生活,是一种与自然高度协调、亲密合作的活动。这些照片关心优美的自然,但显然不是唯自然论的,更无意赞美和抬高大自然的任何原始特征。根据地的官兵漫布在高山、大川、盆地、平原之上。根据地的村庄是自然环境中协调的一部分,村庄里的农民或军队,他们的政治、文艺及日常生活往往就地展开,尊重和善用自然条件。这些活动有很高的质量,班威廉盛赞这里的话剧"竟是成熟的第一流表演,使我们大为惊奇"[1]。根据地的军民在活动中非常投入,班威廉观察开会的士兵,"我们觉得很奇怪,那些农村出来的兵士们怎能长时间静听着他们长官们一个个演说而感到无限的兴味的。他们有的会坐在石头上,有的坐在木头上,有的就坐在泥土上,一坐就是好几个钟头。长官们的演说有的非常长,并且各个方言不一,但是他们全神贯注地听着,毫无倦意"[2]。在林迈可和班威廉的感受里,晋察冀的基调并不止于共产党八路军克服艰难的环境、坚持民族抗战,而是呈现出了一种囊括了环境和人的整体性的昂扬气质。

班威廉将这种昂扬称为"伟大的民族精神":

> 刚好是星期日,司令部亦没有人来找我们。我们在上午充分休息之后,下午沿河边慢慢散步,走到一条铺满清沙的幽径,四周尽是崖石。坐

---

① 班威廉、克兰尔:《新西行漫记》,斐然、何文介、吴楚译,北京:新华出版社,1988年,第85页。

② 同上,第63页。

图 9　八路军行军，五台山区，1938 年 4 月

图 10　晋察冀风景，河北中部，1938 年夏

图 11　聂荣臻主持部队会议，五台县，1938 年夏

图 12　游击队渡河，唐河，1938 年夏

下来，静看河流中野鸭在冰块上嬉戏。听了潺潺水声，看到高山美景，心
神陶醉了。

…………

　　我们开始明白，这许多年的战争已经逼使这般苦难中的人民过着如
何的生活。常年吃的东西不外是玉蜀黍、胡桃和萝卜干这些不够滋养的
食物，碰到疾病，既无医药，碰到日本兵队的烧杀和抢掠，又不易抵御；但
是他们生活的意志万分坚强，克服了一切艰苦，就是在看到我们这些外
来的生客时，在他们饱经风霜的脸上仍旧显出快乐的笑容，这是何等伟
大的民族精神啊！①

班威廉感受到的伟大的民族精神是什么呢？我们可以挑出这段话的三个关键
点：一是壮美的自然，二是朴素的生活，三是快乐的精神。这三点的融合正是
图9—图12中，林迈可拍摄的照片呈现出的气氛的内核。我认为，林迈可和
班威廉在太行山中领略到的民族精神首先是一种人在自然之中、人与自然合
作的特征。班威廉在他的旅行记中描述了这些山野之中的军人：

　　中共军队的领袖们是一群奇特的被遗弃了的人物。他们过的是一种
艰苦奋斗的生活。在作战的时候，他们所采的战略绝不是坐在安乐椅上
吸吸雪茄而后产生的那种战略，也不是在黑暗的地下室里或是污脏的阁
楼上经热烈的秘密商讨而决定的那种战略。他们大都曾在高山峻岭，深
林大川中生活，而他们又都是英勇农民阶级的儿子。他们都有一种干脆
的性格，这种性格在大都市的居民之中是很难找到的……②

班威廉感到的中共军队领袖们的"被遗弃"，也许是指他们活动在远离城市的
深山里，也许是指他们生活简单，无法享用现代社会的各种产品。这样的八路
军，特别是其高级干部，他们在高山峻岭中的艰苦卓绝的生活里，养成了与大
自然的雄壮、包容一面相匹配的性格。这种性格构成了这个政党的风格，晋察
冀的军民们也由此创造了一种异常活泼的新的人的存在状态。同时，林迈可

①　班威廉、克兰尔：《新西行漫记》，斐然、何文介、吴楚译，北京：新华出版社，1988年，第
65-66页。
②　同上，第141页。

和班威廉也在根据地农村感受到了恬静的太平景象,游击不意味着动荡,这些农村象征着根据地拥有稳定、安宁的心灵。日常是满足的,节日时刻则像那些"更伟大更热闹""卓越"的庆典一样[1],像联大校长成仿吾及夫人半夜三点陪他们一起吃滋味很美的广式粥,走在挂满灯笼的农历新年的夜晚一样[2],树立起从晋察冀的山川与乡土生活中生长出的充沛富足的人的精神。

结语

1930年代,红色中国的许多访问者对中国共产党并没有特殊的关心,红色中国在他们的作品里是一带而过的曝光,尽管有时候这些曝光携带着巨大的信息量。在冒险家谈论红色中国的背后,是他们对中国的兴趣,对东亚和亚洲的兴趣,以及对地球上所有还未被科学探险所揭秘的地区的兴趣。伴随着亚洲民族独立运动与现代国家立国的历史进程,探索地球神秘地带的活动对国家主权及主体性的伤害或忽视,使它逐渐变得不能被容忍。取而代之的是现代新闻业的兴起,它比冒险与漫游有更明确的国家意识。斯诺所接受的教育、他明确的职业意识和《红星照耀中国》的成功,正是新闻业运作的一个典范。这种新的方式带着前所未有的宣传能力,制造出国际社会对中国共产党的极高的关注度,也成功地创造了红色中国政治领导集团的形象。

林迈可和班威廉的作品对晋察冀根据地的探索,则反映出了一种与斯诺不同的"红色地方"。抗战文化的地方性在时下的研究中受到了很多关注。但是,这里的"地方"可能并不是关乎地方主义、地方性或地域色彩的概念。它直接与某一地的地理和风景相关,导向的则是对人的存在、精神和生活气质的感受。这种感受与晋察冀的游击生活和山村环境有关系,更映射出了根据地的人和团体的状态,体现了充满实感的根据地内的真实与完满。

---

[1] 班威廉、克兰尔:《新西行漫记》,斐然、何文介、吴楚译,北京:新华出版社,1988年,第88页。

[2] 同上,第90页。

红色中国对20世纪中国的历史意义无疑极为重大,或者说,它本身就是我们的历史。本文无意直接讨论红色中国的方方面面,而是试图通过考察抗战期间投向中共根据地的三种国际性目光,呈现红色中国的数重身影,由此扩展我们对相关话题的理解。

（本文发表在《文艺理论与批评》2018年02期,发表时的题目是《红色中国的多重形象:1930—1940年代西方人关于中共根据地的写作》,收录本书时有删改）

出版延安的"知识"与"政治"：

延安与生活书店的战时交往史

　　在中国现代文学、文化史的研究中，对中国共产党与出版的关系的讨论，围绕着"体制"这一核心议题展开，这主要有三类说法："统战""政治化"和"一体化"。从中共的角度看，1935年党确立统一战线的政策后，大力吸收知识分子和青年学生入党，并在大后方争取文化机构，在此形势下，大后方出现了一批进步书店，这些进步书店即指共产党"统战"下的非官办出版单位。"政治化"的说法多见于对战时大后方左倾文化机构的讨论，用来解释为什么1937—1945年间全国文化界会出现显著的倒向共产党的现象。[①]"一体化"关于文学生产和出版机制的讨论，主要指1949年后由国家力量推行的全国文学文化的单位化、制度化。[②]这虽然不是这篇文章要讨论的时段的问题，但却是我们了然于心的历史走向，因此也需要我们以这个历史方向为参照，解释"一体化"前史的隐约眉目。

　　通过上述三种说法，我们能看到体制化问题有三个要素：政党、知识分子和机构（在本文中是书店）。"统战""政治化"和"一体化"对这三个要素各有侧重，但一个较为一致的特征是，都将"体制化"描述为政党逐渐渗入、掌握出版机构的过程。这就引出了两个问题。首先，在知识生产、传播的过程中，政党、知识分子和书店三类要素的边界并不清晰，往往互生交错，我们需要在

---

　　①　"政治化"的说法参见洪长泰和叶文心关于抗战文化的研究。Hung Chang-tai. *War and Popular Culture: Resistance in Modern China, 1937—1945*. Berkeley: University of California Press, 1994. Wen-hsin Yeh. *Progressive Journalism and Shanghai's Petty Urbanities: Zou Taofen and the Shenghuo Enterprise*. in Frederic Wakeman and Wen-hsin Yeh（ed.）: *Shanghai Sojourners*. Berkeley: University of California Press, 1992, pp. 186-238.

　　②　参见洪子诚：《问题与方法：中国当代文学史研究讲稿》，北京：北京大学出版社，2010年。

具体的历史现场中厘清他们以怎样的逻辑交往。第二,我们需要在知识的版图里,考察政党如何获得知识圈的入场券,而不是随意地把长征后偏居西北的共产党处理为可以轻松进出其他领域的非历史的存在。这篇论文要讨论的具体问题是,延安为什么以及如何进入全国知识市场?这首先关系着延安内部的知识生产格局,其次涉及延安与党外书店的关系。论文以新华书店和生活书店为中心展开论述,这两个书店分别是延安内外知识生产机构最重要的代表。论文第一、二节讨论延安的知识生产格局,第三节考察延安与生活书店的合作,第四节讨论生活书店出版延安的"知识"与"政治"。

新华书店与延安的出版发行

新中国成立后的新华书店是全国最重要的官方出版机构,由总店、总分店、分支店建立起从北京到全国各地方的垂直出版发行系统,控制全国的出版物。[1]但是,1949年新中国成立后新华书店的规模、能力不只来自党办书店这一支传统。据相关研究,新华书店经过收编民营书店,学习、利用大型民营书店出版发行的经验、网络和结构,才得以形成新中国成立后的格局。[2]可以说,从延安到全国,新华书店发生了很大的变化,中共在新中国成立后的"一体化"能力,并不能上推至延安时期。那么,延安时期的新华书店是怎样的?它说明了延安怎样的知识生产状况?

新华书店1937年在延安成立,它的成立是长征后的共产党完善苏区宣传体制的一个部分。在中央苏区时期和长征中,共产党的机关报是《红色中华》,由"红中社"负责。"西安事变"后,共产党开始改造和扩张党的新闻媒体,将"红中社"和《红色中华》改名为"新华社"和《新中华报》(1941年被《解放日报》取代),同时第二份官方刊物《解放》周刊创刊。为管理各类机关刊物,1937年年初中央党报委员会成立,委员会下设出版发行科。"新华书店"一开始并非实体机构,而是出版发行科的一个名目。两年后,延安的出版规模有所扩大,重要性逐步升级,出版发行科遂改为中央出版发行部,部长由组织部副

---

① 　赵生明主编:《新华书店诞生在延安》,西安:华岳文艺出版社,1989年,第246-253页。

② 　Nicolai Volland. *The Control of the Media in the People's Republic of China*. Ph.D dissertation:Heidelberg University, 2003, pp.243-292.

部长李富春兼任。①新华书店也于1939年9月在延安北门外建起了门市部，首次成为一个较为完整的、有独立结构的实体机构，这也是延安第一个可以展览、买卖的官方书店。②

那么，放在延安整体的知识生产格局中，新华书店是什么位置呢？下面所列项目是延安有编写、出版、印刷或发行权力的主要机构：

撰写、编审：马列学院编译部（1941年改组为中央研究院，1943年并入党校第三部）；新华社、解放社；《共产党人》《中国青年》《中国妇女》《中国文化》《八路军军政杂志》《文艺突击》《八路军军政杂志》等刊物编辑社。

出版：中国人民红军总政治部、八路军总政治部宣传部；新华社、解放社；各刊物编辑社。

印刷：中央财经部印刷厂（原来专印苏票，后来印刷书籍）、八路军印刷厂。

发行：新华书店，各级党委、党支部，交通机关。

尽管据书店自己的说法，从建成到1941年，新华书店发行解放社的书籍130多种、其他机关编辑社编纂的丛书30多种、报纸杂志近10种，是延安知识出版的重要角色③，但就地位而言，新华书店的工作和权力范围很有限。书店是发行机构，基本只负责传播、分散、销售出版物。书店在成为有独立结构的实体机构后，设置了七个科：批发、发行、进货、栈务、邮购、会计、门市，很显然，这些科不涉及任何书籍报刊的编审和出版工作。在延安，制造知识的权力掌握在领袖和知识分子手里，新华书店是较为工具性的角色。

即使是在发行上，新华书店也不是我们熟悉的现代发行机构。现代书店的基本特征，是依靠人际、赞助、阅读群体和文化关系，建立起自己的发行网络。延安的发行工作并不依赖书店，而是沿党的组织系统展开，从中央到县，

① 《关于建立发行部的通知》，陕甘宁边区财政经济史编写组：《抗日战争时期陕甘宁边区财政经济史料摘编》（第九编），西安：陕西人民出版社，1981年，第615页；《中国共产党组织史资料汇编》，北京：红旗出版社，1983年，第332页。周保昌：《回忆新华书店在延安初创时期》，《书店工作史料》（第一辑），北京：新华书店总店，1979年，第35-37页。

② 赵生明主编：《新华书店诞生在延安》，西安：华岳文艺出版社，1989年，第62页。

③ 叶林：《三年来的新华书店》，载《新中华报》，1940年11月14日。

覆盖工农商学兵。这是从苏区传下来的经验,《红色中华》的发行正是依靠地方党委的宣传部和军团政治部。①1939年的一份文件要求从中央到县一级的党委"一律设置发行部",发行和兵站、军队的运输部门相挂钩,以实现散播出版物的目的。②

　　这样的发行状况,说明延安的知识生产有非市场导向的特征③,我们在这里要提出的问题是,非市场导向给延安带来了什么困难?

　　在延安,以出版物为载体的知识传播、流通,其基本方式是派发不是买卖,这对新华书店扩大、完善发行网有负面影响。1941年新华书店提出制度改革的建议,称赠送及记账往来制度不利于书店业务的发展和健全,书店需要建立起买卖制度;同时书店应有独立的经济核算制度,有自己的代办处、推销处和代售处。④新华书店的要求引发了一些变化,但并未有根本性的变革。从一些材料看,1941年后书店加快建分店的速度,1942年华北新华书店总店建成后,报刊和书籍发行明确分工⑤,但整体而言,新华书店在1945年之前规模有限,有说法称直到华北书店(生活、读书、新知在根据地联合创建的书店)并入新华书店后,书店规模才扩大了一些。⑥可以说,直至抗战结束,共产党都未建起以书店为核心的规模的出版发行事业。党的组织网络才是知识传播、扩散的主要渠道。这意味着一个困境,在党的组织网络没有层级覆盖的地区,党在知识市场上的渠道和竞争力会非常有限,延安因此将无法获得全国性的知识话语权。

---

　　①　《把发行工作健全起来》,载《红色中华》,1937年9月13日。

　　②　史育才:《抗日战争时期太行地区的书报出版发行工作》,《书店工作史料》(第一辑),北京:新华书店总店,1979年,第83页,。

　　③　Christopher Reed曾对这一特征有过专文讨论。Christopher A. Reed. *Advancing the (Gutenberg) Revolution*: *The Origins and Development of Chinese Print Communism, 1921—1947* and The "Introduction" in Cynthia Brokaw and Christopher A. Reed(ed.). *From Woodblocks to the Internet: Chinese Publishing and Print Culture in Transition, Circa 1800 to 2008.* Boston: Brill, 2010, pp.275-311.

　　④　《为求书报推销合理化,新华书店改变发行制度,取消赠送实行购买制》,载《新中华报》,1941年5月15日。

　　⑤　齐武:《晋冀鲁豫边区的新闻出版工作,1938—1946》,张静庐辑注:《中国近现代出版史料》(丁上),北京:中华书局,1959年,第237-243页。

　　⑥　《新华书店发展简史》,张静庐辑注:《中国近现代出版史料》(丙),北京:中华书局,1956年,第256-265页。

延安的高级知识共同体

延安的知识创造,掌握在理论家和有理论能力的政治领袖手里,他们是延安知识生产格局中最显眼的群体。我认为在1942年整风之前,延安的理论知识生产者(包括中共领袖和高级知识分子)与理论出版物的读者(中共领袖、知识分子、干部、学生)形成了一个知识共同体,他们分享着共同的知识类型与文本。

延安出版物的阅读对象主要是知识分子。1943年之前,新华书店每年发行经售的书籍在30种以上,基本上都是马恩列斯著作、苏共指定的理论著作和中共领袖的理论作品。[①]这些出版物和边区数量最大的"读者"群体——农民——并无太多关系。整风使得这种情况发生了一定程度的改变。整风中,党动用组织力量发动了"文化下乡""书报下乡"后,边区才开始比较多地出现《丰衣足食》《怎样养娃娃》《二流子转变》等一类通俗读物,有图有字的《大财东与老百姓》《伤兵四处是家庭》《日本兵上吊》等面向农民的出版物,以及农历、年历,领袖挂图、年画挂图等农民用得着的印刷产品。[②]其实,即使是在整风后,延安知识市场上的主流产品仍是哲学和社会科学理论,这一点与其他根据地有鲜明差别。在晋察冀、晋冀鲁豫,1945年华北书店、新华书店供给的书籍中,五分之一是马列知识和中共领袖的理论作品,近五分之三是通俗读物。[③]同年的延安新华书店虽然有通俗读物,但仍保持高级理论知识的出版势头,1944年1月的《解放日报》提醒人们,延安的书报有百分之九十是为知识分子干部准备的,并由此建议要出更多的通俗和中级读物。[④]

延安为什么要大量出版理论书籍?毛泽东在六届六中全会上称"一个伟大的革命运动的政党",必须有革命理论,他号召全党有研究能力的人,都要

---

① 赵生明:《1937—1948年新华书店在延安发行(出版)及经售书刊目》,《新华书店诞生在延安》,西安:华岳文艺出版社,1989年,第266-276页。

② 1943年砖窑骡马大会上,新华书店通过这些普通农民感兴趣的出版物尝到了买卖的效益。参见赵生明:《新华书店诞生在延安》,西安:华岳文艺出版社,1989年,第158页。

③ 齐武:《晋冀鲁豫边区的新闻出版工作,1938—1946》,《中国近现代出版史料》(丁上),北京:中华书局,1959年,第242页。

④ 黎文:《怎样把书报送到工农兵手里》,载《解放日报》,1944年1月20日。

研究马恩列斯理论。①理论需要标准,需要有官方的钦定版本,延安的理论生产正是制造知识的标准,确立理论的准确版本。

在延安的出版机构中,解放社的政治重要性、出版量令人瞩目。解放社由党报委员会管理,中共中央指定解放社是党的文件、领导人言论、中共历史、马列斯著作的出版机构。解放社的代表性出版物,是四部大部头的书籍:"马恩丛书"、"抗日战争丛书"、《列宁选集》和《斯大林选集》。我们可以以《列宁选集》的编订过程为例,考察知识标准的产生过程。解放社对《列宁选集》的翻译,以苏联马克思恩格斯列宁研究院编订的6卷本《列宁选集》为底本,其中苏联外国工人出版社出过的汉文版在延安是翻印,剩下的由延安马列学院编译部翻译。这个选集从列宁的海量文章中选定,实际上是确定了列宁学说的基本范围,并有各种文字的翻译版本,而其目的——在这个选集的中文版序言中说得很清楚——全世界无产阶级和被压迫人民掌握同一、标准的理论武器。②

一个由领袖和知识分子共享的知识共同体,以及作为知识标准的理论书籍,共同指向知识分子在延安的重要地位。当时一批重要的理论知识的翻译者、撰写者都在马列学院供职,而马列学院是延安等级最高的学校,学员要在"抗日军政大学""陕北公学"、党校锻炼过,才有资格进马列学院进一步深造。我认为,整风前延安的知识分子处在一个政治和社会地位颇高的知识共同体中,理论的价值在政治正确层面被广泛接受,他们在报刊上的发言和影响力也超过了很多红军的高级将领。

知识共同体的运作,引出以"知识"为方式,延安与国统区书店建立起的关系网络,而这大大扭转了延安依靠党的组织网络进行知识传播的制度的限制。

在与延安发生诸多牵连的国统区的出版机构中,以生活书店规模最大、关联最显著。延安和生活书店的牵连,从抗战全面爆发前一直延续到1940年代,各种线索绵绵延延。在对交往史展开详细讨论前,我们可以先领略一下他

---

① 《毛泽东选集》(第2卷),北京:人民出版社,1991年,第532-533页。1941年毛泽东规划整风后"中央须设一个大的编译部,把军委编译局并入,有二三十人工作,大批翻译马恩列斯及苏联书籍,如再有力,则翻译英法德古典书籍"。参见《毛泽东书信选集》,北京:人民出版社,1983年,第136页。

② 《列宁选集》(中文版序言),张静庐辑注:《中国近现代出版史料》(丙),北京:中华书局,1959年,第248-255页。

们之间浓厚的缘分。1936年，毛泽东曾让叶剑英和刘鼎购买艾思奇的《大众哲学》和柳湜的《街头讲话》①，此时这二人正是上海生活书店的撰稿人。战争爆发后，艾思奇到陕北成为延安知识共同体的重要成员。柳湜在生活书店做主编，1941年他带着生活书店的资源到延安创建华北书店。华北书店在延安创建后，由林默涵接管，而林默涵曾在武汉做过《全民抗战》的编辑，这个杂志是生活书店抗战期间最重要的刊物，邹韬奋任刊物主编，柳湜是副主编。1938年，林默涵离开书店去了延安，随后在马列学院学习、入党。另外，据学者的研究，毛泽东的两篇重要哲学著作《矛盾论》和《实践论》，来自他对《辩证唯物论与历史唯物论》的详尽研读。②这本书的译者沈志远1938年被生活书店特聘为高级编辑，负责主编书店的高级理论刊物和书籍，而更有意思的是，沈志远主持的刊物随后成为延安发起的"中国化"讨论在大后方的最重要的阵地。

从1930年代中期到1940年代，这些牵连表面看起来零星、断续，但恰恰体现了这段时间国内知识格局的变化。尽管毛泽东说共产党有两路人马的传统——"军事战线"和"文化战线"，但1930年代的中央苏区和上海左翼却不能混为一谈。中央苏区的知识生产能力有限，且不重视知识分子，军队里有理论生产能力的人不多，这在"统战"政策确立后才发生变化。抗战全面爆发后，北京、上海和武汉等文化中心相继陷落，文化界已有大名的理论家奔赴延安，这样的变局给在知识领域影响力甚微的陕北中共带来知识生产上的资本。延安这才逐渐成为重要的知识源地。这场迁徙改变了战时中国知识生产的格局，也注定了延安与生活书店的交往史的发生。

知识合作：延安与生活书店

1932年成立的生活书店，其前身是1929年邹韬奋在上海创办的《生活周刊》，邹韬奋是这家书店的领袖，也是灵魂人物。"八·一三"事变后，生活书店从上海搬到武汉，武汉沦陷后又搬到重庆。1938年下半年，书店落脚重庆后开始了一段稳定发展的时期，直到1941年国民政府封禁生活书店重庆总店。

---

① 毛泽东：《给叶剑英、刘鼎的信》，载中共中央文献研究室编：《毛泽东书信选集》，北京：人民出版社，1983年，第80-81页。

② 龚育之：《从〈实践论〉谈毛泽东的读书生活》，载《毛泽东的读书生活》，北京：生活·读书·新知三联书店，2009年，第35-43页。

向内陆迁徙为生活书店扩张规模提供了机遇。战前生活书店只有上海、广州两家分店,战争开始后它很快成为拥有五十二家分支店的大型书店,发行网络覆盖很广,旗下有近十种刊物。[①]

规模渐大的生活书店开始着手一项贯穿其重庆三年历史的工作:整顿机构。1938年具有非凡重要性的"编审委员会"成立。"编审委员会"是生活书店的大脑,直辖于总经理邹韬奋,控制一切杂志、书籍的编校、印刷和收购等工作,也就是说,发表、出版什么人的作品,什么内容、类型、主题的文章和书,都由"编审委员会"决定。委员会成员如下所示,按照他们与生活书店关系的亲疏远近,可以分作三类:[②]

　　挂名:胡愈之(主席)、沈兹九、刘思慕。他们1938年后主要在香港、南洋活动,与生活书店的直接关联少。

　　合作:茅盾、戈宝权。1930年代就与邹韬奋交好的茅盾、戈宝权以文学家、翻译家的身份帮助书店出版文学类的出版物。戈宝权同时是重庆《新华日报》的编委。

　　书店领导:沈志远(副主席)、邹韬奋、张仲实、金仲华(副主席)、史枚、柳湜、胡绳、艾逖生(秘书)。"编审委员会"的运作主要靠这些人。他们是书店高级干部,全店的选举和规章制度确认了他们的领导权力。

"编审委员会",特别是其中掌握实际权力的书店领导的重要特点,是与中共党员有相当高的重合。胡愈之、沈志远、张仲实、柳湜在全国抗战全面爆发前就入了党,史枚、胡绳在1938年前后入党。

为什么书店成员会与中共党员重合?这如何发生?"统一战线"和"政治化"两种说法在解释这个问题时,分别以中共和书店为主角讨论党如何控制或影响书店领导层。这两类讨论的一个困境是,使书店发生变化的领导层是"统战"中被笼络的进步对象呢,还是"政治化"过程里渗入书店的共产党员?这当中的关键可能是,怎么看待这些知识分子的身份。在历史叙述形成的过

---

① 生活书店史稿编辑委员会编:《生活书店史稿》,北京:生活·读书·新知三联书店,2007年,第116-117页。

② 胡绳、曹靖华、廖庶谦稍后进入编委会,见《生活书店史稿》,北京:生活·读书·新知三联书店,2007年,第101页。

程中,不少20世纪30年代知识分子入党的时间是后来追认的,或称当时是秘密党员,先入为主地把他们看作为完成党的任务而进入书店的党员并不合适。我认为,在生活书店与中共交往合作的例子中,党、书店、领袖、知识分子等不同角色的位置,并不是固定的权力等级关系。"政党"和"知识"是不同的领域,实现合作首先需要能够被对方认可,而这就关系到一个至关重要的问题:战时的主流知识是什么?

1930年代初期,《生活周刊》的内容主要是介绍城市中的职业工作信息和小家庭生活经验。[①]1930年代后半期,马列理论成为全国市场上的流行知识。生活书店紧握市场好恶,与众多马列理论家建立合作,出版此类书籍,其中的一个重要举措是将读书出版社的一些重要成员收入生活书店,委以重任。

读书出版社是一间热衷唯物论辩证法和马克思主义政治经济学的出版社,据叶文心的研究,这个出版社有鲜明的左翼倾向。[②]它的三个主要负责人夏征农、艾思奇和柳湜(据称当时都是秘密的中共党员)是"左翼作家联盟"和"中国社会科学家联盟"的成员。但需要留意的是,在拥有左翼身份的同时,他们也有另一种身份:畅销书作者。艾思奇的《哲学讲话》在1934年出版后,风靡全城乃至全国;柳湜在1936年3-8月间连续出版了5本畅销书:《国难与文化》《街头讲话》《社会相》《实践论》和《救亡的基本认识》。1936年前后,邹韬奋吸收艾思奇和柳湜为《生活星期刊》撰稿人,通过艾思奇、柳湜,一批马克思主义理论家与书店建立联系,生活书店逐渐成为马克思主义理论的重要出版商。

1937年抗战全面爆发是知识生产版图改变的重要节点。艾思奇、陈伯达等奔赴延安,柳湜、胡绳、沈志远等正式进入生活书店。柳湜成为邹韬奋身边的重要编辑,掌握发行量最大的《全民抗战》;胡绳主持知识普及性的《读书月报》;沈志远主编书店的大型理论刊物《理论与现实》。

通过整理1931—1945年生活书店的书籍出版类型(表1),可以看到战争开始后书店的出版格局大规模向马列和社会科学倾斜,同时战前生活书店以辩证法唯物论为核心的理论生产群体延续到了战争中。

---

① Wen-hsin Yeh. *Shanghai Splendor: Economic Sentiments and the Making of Modern China.* Berkeley: University of California Press, 2007, pp. 101-128.

② Wen-hsin Yeh. *Shanghai Splendor: Economic Sentiments and the Making of Modern China.* Berkeley: University of California Press,2007, pp. 129-151.

表1　生活书店抗战前后的出版类型与主要作者群体[①]

类型1	1931-1936	1937-1945	主要编著者（1937-1945,括号内为种类数）
马、列、斯	0册	24册	张仲实（3）、吴理屏（3）
哲学	2册	16册	艾思奇（2）、张申府（2）、胡绳（2）、沈志远（2）
中国政治	3册	16册	胡绳（2）、吴清友（2）
国际政治外交	24册	47册	张建甫（2）、冷壁（2）、沈志远（2）、钱亦石（4）、张仲实（2）、世界知识社（2）
法律	1册	16册	全民抗战社（2）、韬奋（2）、韩幽桐（2）、沙千里（2）
军事	1册	36册	毛泽东（3）、金仲华（3）、郭化若（2）、朱德、李富春、冯玉祥、罗瑞卿
经济学	19册	31册	沈志远（5）、骆漠耕（3）、钱俊瑞（3）
基础社科读物	23册	107册	钱俊瑞（4）、曹伯韩（3）、胡愈之（3）、张友渔（2）、侯外庐（2）、李公朴（2）、金仲华（2）、沙千里（2）
个人言论	10册	27册	韬奋（7）、王明（2）、冯玉祥（2）
文艺作品	66册	61册	

　　从1930年代知识制造的大本营上海,到抗战中两个知识生产重镇——延安与重庆,共产党和生活书店共用一批熟练操作流行知识的理论家。他们也构成延安和书店之间实在的联系。艾思奇、何干之、吴亮平（吴理屏）、李初梨、张仲实、陈伯达等是生活书店在1930年代编撰群体的几个重要人物,抗战全面爆发后他们陆续奔赴延安,但并未割断与知识界的联系,从表1看,他们仍是生活书店倚重的作者。

　　这是以"知识"为平台的交往史,生活书店和延安的革命政党都注意到马列理论家的重要性。战争导致知识生产者从上海去延安,这是知识网络与格局变化的关键节点。左翼的文化资本与革命政权在延安重合,延安由此携带着"政治"和"知识"的双重意涵,与党外的文化机构建立起千丝万缕的合作。

---

　　①　根据"生活书店图书目录"整理,参见《生活书店史稿》,北京:生活·读书·新知三联书店,2007年,第389-430页。

出版延安:"知识"与"政治"

生活书店与延安的交往合作提出了一个问题:在日益看重延安的过程中,书店如何理解"政治"的延安和"知识"的延安?

战争开始后,书店愈发感到马列理论的重要性,于是立即约稿延安,立意高远地出了一套"中国文化丛书"。"中国文化丛书"由周扬主编,稿件均来自延安:洛甫《中国革命史》、陈伯达《革命的三民主义》、何干之《中国社会经济结构》、艾思奇《中国化的辩证法》、王右铭《中国化的经济学》、周扬《文学的基本问题》、陈昌浩《现阶段民众运动》、吴理屏《抗日统一战线》、朱克《游记战术》以及艾思奇等集体创作的《现代中国思想史》。这套书出版后,各方销路非常好,后来又把毛泽东、陈昌浩写的《游击战争的一般问题》列入其中。

由丛书的编排,我们能看到书店如何接受延安的"政治"和"知识"。这套丛书的作者几乎都参加了1930年代上海左联的组织和活动,艾思奇、陈伯达、何干之等是生活书店的合作者,尽管他们到延安后进入体制各司其职——周扬任边区教育厅厅长、艾思奇任边区抗敌后援会宣传部部长、何干之在"陕北公学"教书、陈伯达先在"陕北公学"教书随后调至党校——但他们在丛书中的地位却不逊于中共领袖。后来加入的毛泽东在这套书里没能扮演掌握哲学思想等指导性理论话语权的角色,中国革命、统战、思想史、唯物论等重要话题均未涉及,其所著的关于游击战争一书是一本军事类的作品。由此可见,书店对毛泽东的定位大概仍是与"朱毛红军"或"八路军"挂钩的军事领袖。事实上,生活书店始终热心与理论知识分子合作,而不是政党领袖(参见表1)。全国抗战的八年间,生活书店的出版物中,毛泽东的个人论集有3本,冯玉祥有2本,蒋介石只有1本。"延安"的重要性体现在那些能够生产理论的知识分子身上,"延安"只有通过已经在知识市场上积累下资本的一批人,才能够在生活书店的出版版图中被呈现。

出版延安的"知识"和"政治",可以通过书店刊物如何展开"中国化"的讨论,得到更为具体的图景。

沈志远主编的《理论与现实》是最早对延安提出的"中国化"展开系统论述的刊物。沈志远1925年入党,随后去苏联读书,回国后加入"中国社会科学家联盟"任常委。30年代时,他已是重要的马列理论作者,他的《新经济学大

纲》曾是延安党校政治经济学的教科书。1938年在出版理论学术名著上抱有
雄心壮志的生活书店请沈志远担任"特约编译员",工作是"专为本店整理及
翻译世界名著,每月至少在六万字以上,一年中希望能完成近百万字"。沈志
远很快主编了一套书店引以为豪的"新中国学术丛书",这是生活书店战时出
版物中,学术性最强的一套作品。①随后,沈志远又负责主编《理论与现实》。
这个刊物表达了生活书店的文化抱负,1939年4月创刊后很快召集了一批身
在延安、重庆等地的理论家,打造刊物的深度。撰稿者主要有潘梓年、沈志远、
陈伯达、艾思奇、侯外庐、胡绳、周扬等。

　　"中国化"不是抗战时才有的概念,也不是延安最早提出来的。从1920
年代初开始,无政府主义者、中国基督教界、教育界、社会学界都提出过"中国
化"的问题,考虑外来的思想、技术如何落实在中国的环境中。中共提出"中
国化"是抗战期间影响广泛的事件。从发文时间和人事关联上看,《理论与现
实》对"中国化"的讨论,是对延安观点的回应。

　　延安最早提出"中国化"的,是张闻天在特区文化协会成立时的讲话和随
后《解放》周刊上发表的署名从贤的《现阶段的文化运动》。这两份文献对"中
国化"的理解,基本上是从大众化、民族形式方面入手,反对欧化、西洋化的文
化,强调文化与老百姓的关联。②1938年10月毛泽东发表的《论新阶段》是延
安"中国化"论述的核心文本。毛泽东在讲话中提出:"洋八股必须废止,空洞
抽象的调头必须少唱,教条主义必须休息,而代替之以新鲜活泼的,为中国老
百姓所喜闻乐见的中国作风与中国气派。"③这番意见虽不能简单概述为大众
化,但毛泽东的"中国化"显然有一个重要落脚点:中国老百姓。

　　1938年4月艾思奇发表在武汉《自由中国》上的文章的重点,颇有不同。
他认为"通俗化不等于中国化现实化",全国学者所要努力的是"用中国的现
实来发展哲学的理论",方法上要以新哲学辩证法的唯物论为核心,佐以其他
哲学理论。④艾思奇显然不是在思考普及的问题,而是要综合各种理论和中

---

① 　这套书有侯外庐《实践伦理学大纲》、李季谷《物观世界史纲》、李绍鹏《苏联经济之理
论与实际》、李达《通货膨胀讲话》、钱俊瑞和沈志远合著的《中国经济问题与国防经济建
设》、张仲实《前资本主义社会史》。

② 　张培森主编:《张闻天年谱》(上卷),北京:中共党史出版社,2000年,第524页;从贤:
《现阶段的文化运动》,载《解放》1937年第23期,第10-12页。

③ 　毛泽东:《论新阶段》,载《解放》第57期,1938年11月25日,第4-37页。

④ 　艾思奇:《哲学的现状和任务》,载《自由中国》创刊号,1938年4月1日,第45-48页。

国现实,创造新的哲学学说。陈伯达在创造新文化上的观点与艾思奇相似。他将"中国化"与"新启蒙运动"挂钩,强调用民族/中国的旧的文化形式来实现大众化,新内容和旧形式的互相促进,将最终产生中国的新文化。

艾思奇和陈伯达是1936—1937年"新启蒙运动"的干将。奔赴延安后的陈伯达,其看法虽渐往利用传统文化形式启蒙大众的方向走,但仍强调实现一个全新文化的总体愿望。艾思奇的观点则更多地延续"新启蒙"的主干想法,看重综合各种理论获得"中国"的新声。1938年年底陈伯达、艾思奇等人在延安成立了新哲学会,从《新哲学会缘起》这份发言词来看,这个团体的任务更贴近艾思奇的想法,即集中外古今各家之说,努力建立"更基本的、更一般的、更理论的"学说。①

艾、陈的论述与中共领袖的差异是:毛泽东的"中国气派和中国作风"建立于对"老百姓"和"中国人民"的设想之上,而知识分子们则把理论家看作创造中国新文化的主体。

《理论与现实》诸家对"中国化"的申发与艾思奇和新哲学会一致,与中共领袖的说法差别较大。在创刊词中,沈志远说过去学术和现实之间缺乏关联,现在要作出改变,实现"理论现实化"和"学术中国化"。②创刊号的首篇文章是新华日报社社长潘梓年的《新阶段学术运动的人物》,他称学术是文化的"中枢"和"首脑"。③把理论知识分子视为中国新文化主体的论述,在侯外庐的文章中更加清晰。侯外庐热情描述了从清代朴学、公车上书到"五四"运动和新社会科学运动中,知识阶层行动的传统,并将当时的学术归并至这一在理论和现实之间不断冲撞摩擦的历史中。在这个历史传统里,知识阶层不仅是学术的主体,更是中国革命的领导。④

《理论与现实》揭开"学术中国化"的讨论序幕后,生活书店的另一个较为通俗的知识类杂志《读书月报》对这场文化活动作了简明扼要的介绍。艾寒松、潘菽和柳湜的文章都强调"中国从一个旧国家变成一个新国家,当然在政治、经济、国防、文化等等方面都有很多需要,这种需要都要有待于近代学术的

---

①　艾思奇等:《新哲学会缘起》,载《战时文化》1939年第1期,第79-80页。

②　沈志远:《创刊献辞》,载《理论与现实》创刊号,1939年4月15日,第1-2页。

③　潘梓年:《新阶段学术运动的任务》,载《理论与现实》创刊号,1939年4月15日,第1-6页。

④　侯外庐:《中国学术的传统与现阶段学术运动》,载《理论与现实》创刊号,1939年4月15日,第7-17页。

帮助解决",但外国的学术和理论未必能够适应解决中国的需要,因此就需要一班各行各业的理论家设计出适合中国现实的方案。[1]

作为对延安提出的"中国化"问题最早的规模化的讨论,生活书店的这两份刊物显然是以知识生产者自身为主体来理解延安声音。毛泽东的《论新阶段》虽被引述,但有意思的是,讨论者只是借此说明这篇文章是使用"中国话"的范例。在对"中国化"特别是"马克思主义中国化"的整体把握上,他们仍倾向由理论家对中国的现实问题设计方案、作出指导。

由此,我们不难看到,兼有多重身份的理论家建立起书店和延安的联系,扩大了延安在知识市场上的重要性和影响力,但这个过程并不是从政治核心的党与毛泽东,推及延安,再推及大后方书店的过程。我们对党改造知识分子的历史,非常熟悉,但中共尚未建立新中国时,知识分子接受中共的动机和方式,并不完全由党控制。"延安"对于书店这样一个文化机构的意义,也不是政党的逐渐渗透,政党的声音需要通过知识生产的逻辑才能够被认识和呈现。柳湜、沈志远等人在生活书店的地位,来自他们在知识市场上的资本,他们对自我角色的理解也兼有文化人(编辑、理论家)和组织干部两方面的自觉。真正的改变,发生在生活书店总店被国民党强行封禁之后。政府封禁书店的行为造成了两种后果,将书店更彻底地推向中共:一、书店总经理邹韬奋对政府极为怨恨,坚定转向中共,要求把自己的骨灰埋在延安;二、生活书店联合读书出版社、新知书店去太行和延安开店,由此转移了相当一批人才、资金和机器,中共自身的知识生产与传播能力由此逐渐走强。

结论

现代中国文学、文化的"体制化"问题,是不同领域互生交涉的过程。尽管延安被看作1949后中共国家政权的起源,但在抗战期间,全国的政治和文化生态颇为多元,延安与左倾文化机构都在此语境之中。延安的知识生产状况可能比我们所了解的更为复杂。在这篇论文的例子中,1930年代左翼的知识生产能力,与中央苏区的传统,共同构成延安知识格局的多种层次。将之放

---

[1]　逖生:《谈"中国化"》,潘菽:《学术中国化问题的发端》,柳湜:《论中国化》,载《读书月报》,1939年第1卷第3期,第109-110、111-117、118-120页。

在全国的知识生产中看,这种联合的发生促成了中共与党外出版机构的合作,也标示出延安在整个知识市场中的地位。

我们能看到"知识"在这个过程中的重要性,包括知识类型、知识的意义、知识分子的功能,以及论文强调的"知识"是知识生产的运作逻辑。由此,我们需要讨论生活书店辨认、接受的是哪一部分的延安。鉴于篇幅原因,生活书店进一步靠近中共的"体制化"过程无法在这里展开,但这个过程与本文描述的历史相似,"体制化"伴随着书店的主体性不断强化的过程,而不是书店被政党悄悄接手。在文本所考察的"出版延安"的问题里,理论知识分子因战争爆发从上海到延安或重庆,具有节点性的意义。我试图提出,在延安,特别是整风前的延安,政治文化高度重视"知识"的特征,这不仅是党在确立思想的标准,也是延安进入全国知识版图,建立其强大知识话语权的过程。

（本文发表于《文学评论》2016年第5期,收录本书时有删改）

抗战中生活书店的制度选择

　　"体制化"是学界讨论延安和新中国时期知识文化生产的重要话题,这篇论文考察抗战期间民营性质的生活书店的左倾,目的是呈现一种鲜被论及的体制化:生活书店主动地在制度层面学习和套用共产党的组织制度,这是新中国成立后文化生产"一体化"过程的一段前史,不同的是"一体化"由国家力量推行,而在这段前史中,我们会看到文化机构主动的制度性过渡。生活书店于1932年在上海成立,成立之初它是一个面向市民阶层的文化生产机构,抗战全面爆发前,这家书店已有相当的规模和影响力。抗战全面开始后,生活书店发生了一系列变化,当中最引人注目的是它走向了延安,并最终融入中共的出版体制。这篇论文要讨论的问题是,作为一个没有党派色彩的民营出版机构,生活书店进入中共体制的过程是如何发生的?

　　作为一家独立、完整且规模很大的出版机构,生活书店是有极强自我意识的共同体,共产党的渗入或书店对中共的好感,都不足以解释书店的变化。论文认为抗战中的生活书店主动地选择了共产党式的组织制度来管理书店,这一方面是书店自治发展的结果,另一方面,当时种种关于人、知识和组织的观念,左右了书店上下对自身的设计。论文在材料上使用了战时生活书店的一份内部同人刊物——《店务通讯》(1938—1941)——来重构书店内部的环境,由此描述一种主动的制度性过渡。

战争中书店面对的新局面

　　1937年8月,日军对上海发起的战争让这个城市突然陷入了动荡,这也意味着人们需要面对新的局势作出一些改变和选择:留在上海,还是转移到别的地方? 有哪些地方可以去? 身家和资产怎么处理? 1932年成立的生活书店就面对着这些问题。此时的生活书店是上海一间已有相当规模的书店,拥有创作、编译、印刷、出版、发行和独立经营的整套网络。除了上海，它还在南方的文化中心广州有分店，在香港有很好的人际和经营网络。"八·一三"后，生活书店像很多其他机构一样，准备撤离上海，力谋将重心转移到第一个备选城市：武汉。

　　但很快，南京的沦陷让书店意识到了武汉的危机[①]。这一次他们的视野有了很大的变化：不再局限于中心级的大城市，内地偏远省份的省会城市、较大的省级城市、地级市，都成为书店转移和扩张业务的选择。

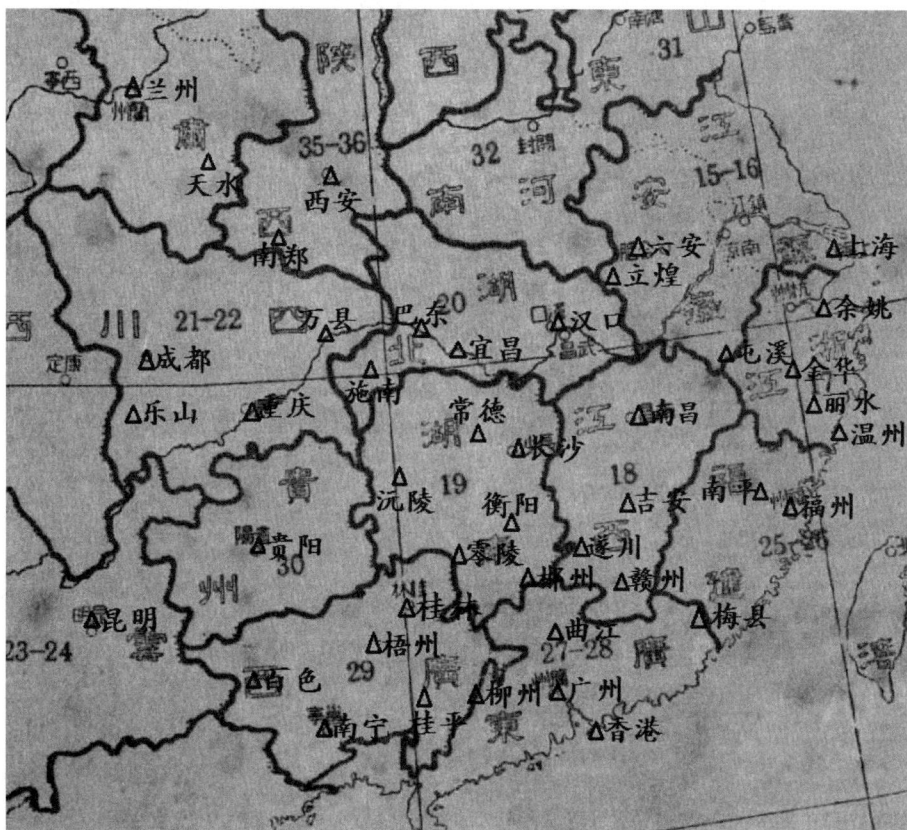

图1　1938—1941年生活书店总店和分支店分布图

————————

　　① 《业务报告》，选自北京印刷学院韬奋纪念馆编：《〈店务通讯〉排印本》，上海：学林出版社，2007年，第1-2页。

　　图1是1938—1941年间生活书店总店和分支店的分布图①。它有几个基本的特点：一、书店开设分支店的主要方向是尚未受日军严重威胁的中南、东南、西南地区；二、书店也谋求向西北省份发展；三、以省会城市为主，但在大多数省份，书店都把经营扩展到了重要的中小城市。这个图与我们已有的关于抗战期间政治文教中心转移的已有认识相当吻合，比如书店的四个造货中心：重庆、桂林、上海和香港②，都是全国文化资源汇集的中心。但具体到书店的经营，却有一些有待落实的实际问题：为什么书店要扩展到这么多城市？钱从哪来？扩张如何实现？这三个问题其实不只关系到书店的经营，更重要的是，它们将帮助我们进入书店在战争中面对的真实局面，并让一些关键元素水落石出。

　　书店如此广泛地铺开分支店网络，原因有两个：一是保存和转移书店资产；二是严肃的事业感。在1938年1月到1939年战争明显地进入相持阶段之间，因为无法估计日军在中国领土上的推进速度，书店工作的一大重点，就是把现有规模快速分散到更多地区，特别是从沿海到内地，从大城市到中小城市，以此来保存有生力量，降低风险。而事实上，生活书店在汉口、南昌、长沙、六安、广州、西安、桂林等地受到的战争威胁，都极大地刺激了书店开辟更多分支店，分散人力、物力资源。③另一个促进书店扩张的原因，是其对文化之于抗战建国重大意义的事业感。生活书店上下都认同文化出版是全民抗战的一部分，书店担负着宣传、动员的重任；在经营中，总店和各分支店经常能感受到地方民众对战时读物的渴望，读者的反应直接激励了书店把经营网络推广到更基层的地方。我们在后文会看到，保存资产和对文化出版的事业感这两点，在书店后来的发展中一直是重要的线索，也很深地嵌在书店的制度选择里。

　　书店大规模的扩张有两个令人困惑的地方：一是扩张是怎么实现的；二

---

　　①　本图系作者根据生活书店《店务通讯》整理得到，这些分支店成立先后不一、规模不一、关闭时间不一，但基本都在1938年下半年建立起来了，并在相当长的一段时间内同时存在。另外，生活书店还有本图未标出的新疆分店、众多办事处、流动经营店、与其他书店的合作机构，以及海外分店，顶峰时，该书店拥有52家分支机构。

　　②　《分店科代简》，选自《〈店务通讯〉排印本》，上海：学林出版社，2007年，第351页。

　　③　伯昕：《粤汉退出后我店业务上的新布置》，长庆：《长沙大火前后》，宜店：《宜昌炸的不像样了》，又新：《退出南昌到了吉安》，长庆：《退出长沙建立曲江》；均选自《〈店务通讯〉排印本》，上海：学林出版社，2007年，第268-272、340、427、493、519-521页。

是钱从哪来。前文也提到，这两个问题不只是商业史的问题，而与书店运作的某些主要因素有关。书店积累资金主要靠买卖。不过这不是说生活书店卖书很容易，每个分店都能赚大钱。通过1938至1941年上百份各店的销售总结来看，经营惨淡、资金受限的情况不少，但书店还是要走卖书这条路，想各种办法增加销售：下乡推广、进学校推广、争取出版的图书被教育部列为教科书或被地方政府认可为学校必用书、鼓励订金预售等。这种依靠买卖维持书店运作的方式，非常依赖各地店员的勤勉，他们不只要努力搞好门市买卖，还要想方设法在地方上积极开源。除买卖外，书店还采用以下手段来加快资金积累与周转：全店发起节约运动、吸收职员的资金入股、适当减薪等。[①]比起卖书，这几项对店员的觉悟有更高的要求。总体而言，1938至1941年，生活书店面对着物价上涨、读者购买力下降、轰炸损失、运输困难等种种难题，仍能盈利且有志于继续发展。也正是这一在战争环境下自力更生且颇为成功的局面，是我们后文将讨论的书店制度选择的重要语境，这一状况不仅在事实上确保了书店的独立性，也给了它非常鲜明的自尊、自强的心理特征。

如果说书店的买卖经营体现了店员的重要性，那么它从战前上海、广州两家分店扩张到战争中拥有几十家分支店的"出版王国"，更是依赖"人"的因素。"八·一三"后，生活书店就开始设计让各级职员带着机器、资金分散到内地，游击式地保存书店的有生力量。汇集了当时各地职员动态信息的材料记录了职员奔赴各地的情况，当中不乏艰难险阻。到达各地后，这些人要租房购货、打开生意局面、聘选和训练新的雇员，并完全负起书店盈利的责任。在许多地方，已建好的门市店迫于战争形势而转移，或因轰炸损毁要重开，也就是说店员始终需要有应对乱局、保证书店业务持续推进的强大意志与能力。[②]可以说，从1937年年底到1938年年底，生活书店大部分分支店的建成是一个完全依靠人力的过程，各级店员是此过程能够推进的执行者，也是书店最关键的骨架。

因此，我们在《店务通讯》上看到大量训示店员的文章，就不是偶然的了。

---

① 关于书店资金积累与运转的情况在《店务通讯》中有多处记载，代表性的材料参见《出版网的筹备与进行》《奖励特约分销改用回佣办法》《谈谈我们的节约运动》《各地业务概况》，选自《〈店务通讯〉排印本》，上海：学林出版社，2007年，第3、22、97、121页。

② 这类材料参见公文：《湘黔道上》《到六安去！》，汉店：《离别大武汉的前后》，根荣：《乐山支店开幕前后》，乘先：《从西安到南郑》，长庆：《退出长沙建立曲江》；均选自《〈店务通讯〉排印本》，上海：学林出版社，2007年，第23、55、262-263、441-442、506-508、519-521页。

这些文章要求店员们提高自我修养、有高尚事业的觉悟、有纪律和组织意识。训示店员的文章都刊登于《店务通讯》的显著位置，好似社论，且大多由书店高层撰写，其重要性一目了然。同时，一个醒目的现象是：这些文章充斥着一个我们非常熟悉的词——干部。

一个新名词：干部

讨论全国抗战时期的生活书店，有两份基础性的材料：一是书店发行量最大的杂志《全民抗战》，由书店的灵魂人物邹韬奋主编；二是前文提到的书店同人刊物《店务通讯》。在这两份材料中，我们都能看到"干部"这个高频词汇，前者呈现了"干部"进入书店视野的大的社会氛围，后者则直接关系着"干部"一词携带的制度特征。

1937年战争的爆发改变了生活书店读者群的构成。流亡青年和学生成为书店的主要读者群，这与上海时期，读者以城市中的职业青年为主大为不同。[①]这些有知识的年轻人一方面有身处大时代的热烈澎湃的感受，要投身抗战建国，另一方面也渴望谋求人生出路。但教育部此时的方针却不是鼓励学生参与抗战。国民政府对在校生的政策是"平时要当战时看，战时要当平时看"[②]，力求维稳。据黄坚立的说法，国民党维稳在很大程度上是因为担心共产党借机扩张在学生中的影响力。[③]延安的教育方针似乎更加贴合时势。中共提出搞战时教育，培养抗战干部。所谓战时教育，就是进行以政治、军事为主要内容的短期集训，然后立刻把集训后的人才派向实际工作，这些人才就是干部。当然，国民政府也有若干教育政策培养抗战干部，比如为解决流亡学生和离校准备参加抗战的学生的安置问题，政府开设了战时培训班。但从当时的一些材料看，国民政府没有有效解决流散青年的安置问题，且很多训练班

---

①　关于1930年代上海时期《生活周刊》和生活书店的研究参见：Wen-hsin Yeh. *Progressive Journalism and Shanghai's Petty Urbanities: Zou Taofen and the Shenghuo Enterprise*. in Frederic Wakeman and Wen-hsin Yeh（ed.）. *Shanghai Sojourners*. Berkeley: University of California,1992, pp. 186-238.

②　《总动员时督导教育工作办法纲领》，选自教育年鉴编纂委员会编：《第二次教育年鉴》（第一辑），台北：文海出版社，1986年，第10页。

③　黄坚立：《难展的双翼：中国国民党面对学生运动的困境与决策1927—1949年》，北京：商务印书馆，2010年，第131-135页。

质量堪忧，流散青年非常动荡。①延安的干部教育却非常成功，抗日军政大学和陕北公学是当时延安两个典型的干部训练学校。这两所学校的教育实际且经济，课程以政治军事为主，学制两三个月，培养党政、军事和民运干部。②

生活书店对青年教育的看法比较靠近延安，与国民政府存在明显不同，这和他们的身份有关。此时的书店正积极介入城市抗日救亡的组织运动，作为舆论口舌，他们认为报人在国难时期要"反映全国民众在现阶段内最迫切的要求"，时局瞬息万变之时更要迅速提供与抗战密切关系的消息和评论。③邹韬奋将自己的刊物称为"两只号角，一天天扩大，一天天变得更加洪亮"，为"大时代"造势。在这种氛围里，书店积极鼓励青年进入战时状态，投身抗战生活。④书店主办的《全民抗战》极力推崇延安的教育，鼓励青年人去延安上学。⑤邹韬奋也表达了对延安干部教育的欣赏：短期的政治军事训练适合战争；学生毕业后能找到工作，避免失业；学校收录学生不以文凭为准，认可同等学力，且年龄放宽，实是容纳了更多社会边缘人。邹韬奋称"这些特点显然都是他处不合理的教育所望尘莫及的"⑥。

那么，这些被邹韬奋和《全民抗战》所认可的、在延安接受着战时教育的"干部"是什么样的人呢？

这里可以先简略追溯一下"干部"一词的历史。"干部"借自日语，同盟会时期就已被使用，辛亥革命后随着中国政党政治的发展，"干部"逐渐成为政治言论的核心词汇。不过，1937年前"干部"一词的使用主要在政治言论范围内，特别是政党言论中，一般的报刊媒体并不普遍使用这个概念。进入全面抗战时期，大众传媒已经非常熟练地使用这个词了。这段语用变迁关系着20世纪上半期中国社会的一个重要变化，即政党式组织方式的逐渐发达。王汎森

① 1939年李宗仁带头给教育部的一份提案就为政府未能照顾、使用好流散青年痛心疾首，见中国国民党五届五中全会教育组：《为提请特施战区青年教育俾集心力而达抗战之成功案》，秦孝仪主编：《中华民国重要史料初编——对日抗战时期》（第四编 战时建设四），中国国民党中央委员会党史委员会编印，1981年，第103-104页。

② 高奇主编：《中国现代教育史》，北京：北京师范大学出版社，1985年，第195-199页。

③ 韬奋：《"生活日报"创刊词》，《韬奋文集》（第1卷），香港：生活·读书·新知三联书店，1956年，第139-140页。

④ 《全民抗战的使命》，载《全民抗战》（第1期），1938年7月7日，第1页。

⑤ 1937—1938年的《全民抗战》（及其前身《抗战》）刊登了多份"抗日军政大学""陕北公学"的招生信息，以及众多与延安教育相关的读者来信。

⑥ 韬奋：《青年的求学狂》，载《抵抗》（即《抗战》）第25号，1937年11月9日。

关于青年和组织问题的研究认为,1920年代"主义"的兴起意味着组织、纪律成为"进步青年"的理想寄托,这对人有着很强的集体化要求,个人只有在集团中才能实现新社会理想和自我完善。[①]关于组织的这种看法在抗战中变得非常普遍。进步青年与党政训练机构挂钩,经过组织培训而产生的干部不再是独善其身的个体,单干的不是干部,干部在组织中才有意义。干部概念实际上是一套关于个人与集体关系的观念与实践。

此时的生活书店弥漫着一种向往进步、先进的情绪,比如邹韬奋说:"我们这一群的工作者所共同努力的是进步的文化事业,所谓进步的文化事业是要能够适应进步时代的需要,是要推动国家民族走上进步的大道",他又说开书店和五芳斋卖馄饨、冠生园买糖果不同,书店有政治性,这要求它必须是进步的。[②]这些进步的要求并非笼统的标语口号,它直接要求每一个店员都是进步的人。这一时期,邹韬奋在《店务通讯》上系统论述干部理论,他援引斯大林的话"干部决定一切",强调干部之于书店的关键性,书店的进步取决于每个干部的完善。[③]事实上,抗战中"干部"已经成为书店制度建设的核心理念,而"干部"所代表的个人与集体的极强的关联性,提示了生活书店制度建设的另一个关键词:组织。

组织:苏联的样板

战争带来的变化之一是各种年龄、职业、地区的个人卷入到不同形式的团体之中,比如政党、军队、儿童团、文艺界劳军团体、民运团体等。组织的大量繁殖提出一个重要的问题:组织应该是什么样的? 这也是生活书店的问题。抗战中,生活书店发展迅速、规模很大,邹韬奋实际上是把书店当作一个小国家来治理。这个过程中的一个重要事件是,邹韬奋吸收苏共的资源,把"干部决定一切""民主集中制"等灌输到书店上下关于组织的观念与技术中。

邹韬奋的干部理论有相当一部分来自《联共(布)党史》。1938年9月斯

---

① 王汎森:《思想史与生活史的联系——"五四"研究的若干思考》,载《政治思想史》第1期,2010年1月,第16-31页。

② 韬奋:《事业性与商业性的问题》,《〈店务通讯〉排印本》,上海:学林出版社,2007年,第1283-1285页。

③ 韬奋:《爱护干部与维持纪律》,选自《〈店务通讯〉排印本》,上海:学林出版社,2007年,第479-481页。

大林主持编写的《联共（布）党史简明教程》在苏联出版后，很快就有了苏联外文局主持的中文版、延安解放社版、吴清友翻译的上海启明社版、博古总校阅的中国出版社版等多个版本。博古校阅的这版由重庆生活书店代售，也是最早的一个版本，1939年2月问世，发行很好，3月即再版。[①]邹韬奋看过《联共（布）党史》，也有深入的研究兴趣，他甚至还读了《联共（布）党史》的英文版。[②]

　　邹韬奋对《联共（布）党史》的兴趣，与他一直青睐苏联有关。1934年邹韬奋流亡海外，到访英国、欧陆、美国、苏联等国家和地区。周游列国的一个关键成果是，他对共同体的组织形式问题产生了强烈的敏感，各国差异也提供了关于体制的丰富的可能性。邹韬奋高度认可苏联，称苏联是唯一的生产力与生产关系兼容的国家。在他的设想中，中国可以通过学习苏联，直接超越政治、经济、社会都有不可回避之矛盾的其他欧美国家。[③]1937年被关押在江苏高院看守所期间，邹韬奋将他在伦敦博物院图书馆收集的马列理论著作翻译成中文。很多出色的研究讨论过苏联对现代中国政治和文化的影响。[④]从邹韬奋接受苏联的例子，似乎能够看到这样一种状态：在1930、1940年代，中国对苏联的接受不一定分门别类地发生，而可能是一种混杂的认可苏联模式的心理趋向。苏联五年计划的经济成就，在资本主义国家经济危机的背景下激励不少中国知识分子倾向苏联；抗战初期苏共派空军保卫武汉援助中国，是中国最重要的盟友；苏联的民主集中制被看作美好的政治模式，成为相当有市场的关于中国未来理想政治的设想。

　　1939年邹韬奋又翻译、出版了一本专门介绍苏联政治制度的书《苏联的

---

　　① 欧阳军喜：《论抗战时期〈联共（布）党史简明教程〉在中国的传播及其对中国共产党宣传工作的影响》，载《党史研究与教学》2008年第2期。

　　② 邹韬奋在《店务通讯》中引述过《联共（布）党史》英文版，见《〈店务通讯〉排印本》，上海：学林出版社，2007年，第1322-1324页。

　　③ 韬奋：《萍踪寄语三集弁言》，《韬奋文集》（第2卷），香港：生活·读书·新知三联书店，1956年，第217-221页。

　　④ 参见杨奎松：《"中间地带"的革命：国际大背景下看中共成功之道》，太原：山西人民出版社，2010年；王奇生：《党员、党权与党争：1924—1949年中国国民党的组织形态》，北京：华文出版社，2010年；艾晓明：《中国左翼文学思潮探源》，北京：北京大学出版社，2007年。

民主》,这本书的作者是英国共产党员作家斯隆(Pat Sloan)。[1]该书主要谈斯大林时期的苏联,宣传苏联的民主模式,赞扬1936年的苏联新宪法。邹韬奋1939年翻译此书时,对斯隆描述的苏联的民主集中深为认同,将之作为研究民主的典范介绍给书店同人看,也列为"生活推荐书"推荐给读者。[2]

　　值得留意的是,在引介苏联的民主集中制度的同时,邹韬奋正参加国民参政会,对民主政治的程序和技术细节有了极大的兴趣,各种心得随即用到店务上。他不断撰文教导店员如何发表意见,如何行使权力、开会、听会等。前文提到,生活书店是对文化出版有严肃事业感的团体,这逐渐表现在它以政党的组织技术来规范自身。邹韬奋对书店有非常理想和严格的设计,他写的训导店员的文章的遣词常带有明显的政党语言色彩。书店甄选职员也大量采用政党方法,工作能力强、历史背景单纯、思想纯正的进步者才能通过审查,成为共同体的一员。这一点也被店员意识到了,有人抱怨审查过于严苛,"'门禁森严'甚于一个政党"[3]。

　　生活书店吸收苏共的组织理论,试图以一套政党形式来管理日益庞大的共同体。对这个过程比较常见的解释是书店左倾、政治化,或共产党渗透进了书店[4],但我认为更准确的解释可能是,书店对组织的理解是政党式的,而共产党式的组织是书店所能想象的最好可能。

---

　　[1] Soviet's Democracy一书1937年由伦敦Gollancz出版社出版,整个写作和出版的运作都在Left Book Club的操作下完成。Left Book Club成立于1936年,是英国最早的反法西斯组织之一。苏联作为世界和平阵线(Peace Front)的领导,被Left Book Club视为反法西斯最重要的堡垒。这个组织将加强苏联和英国的联系、消减英国人对苏联的偏见作为其大政方针,策划了苏联旅行、放映苏联电影、出版介绍苏联书籍等各种活动,Pat Sloan 的 Soviet's Democracy正是其中之一。关于Left Book Club可参见 Stuart Samuels. *The Left Book Club*. Journal of Contemporary History, No 1(April 1966), pp.65-86.

　　[2] 韬奋:《对于本届选举的感想》,《〈店务通讯〉排印本》,上海:学林出版社,2007年,第386-388页。生活书店将《苏联的民主》列为"生活推荐书"后,邹韬奋在《读书月报》上专门著文推荐。韬奋:《苏联的民主——西书介绍》,载《读书月报》1939年第1卷第4期,第187-189页。

　　[3] 《渝店同人给临委会的一封公开信》,《〈店务通讯〉排印本》,上海:学林出版社,2007年,第189-192页。

　　[4] Wen-Hsin Yeh. *Progressive Journalism and Shanghai's Petty Urbanites: Zou Taofen and the Shenghuo Weekly, 1926—1945*. in Frederic Wakeman and Wen-hisn Yeh(ed.). *Shanghai Sojourners*. pp.186-238; Hung, Chang-tai. *Paper Bullets: Fan Changjiang and New Journalism in Wartime China*. Modern China, Vol. 17, No. 4(Oct., 1991), pp. 427-468.

因此,斯大林的话被视为格言,而学习苏共的过程普及了共产党的许多概念术语,比如干部、民主集中、唯物论辩证法等,它们都成为书店职员经常使用的日常词汇。此时的书店上下也许对共产革命没有深刻理解,但已抱有深深的信仰和憧憬。这可以被描述为某种政治化,但可能也有另外的讨论角度。关于20世纪的政党政治,巴丢(Alain Badiou)在一次访谈中说,没有权力、金钱、媒体的人民,"唯有他们的纪律,这是人民得以强大的可能。马克思列宁主义界定了人民纪律的最初形式,那就是工会和政党"[1]。我将之理解为,政党是组织形式的一种选择,为一般人的政治诉求、现实行动提供可能。以此来看,政党这一组织形式之于20世纪中国历史的意义,也许是传统社会结构日趋解体时,出现的一种新的社会组织方式,这种组织方式能够把社会里不同职业、阶层和性别的人,换言之就是大多数人,包括在内。生活书店的左倾与书店的快速发展、主体意识不断强化同时发生:邹韬奋始终保持对书店组织和意识形态的控制,书店上下也不断表达他们对文化事业的忠诚,在这个过程中,共产党的组织技术被选择为实现主体性的方式。

主动寻求中共

在对共产党式的组织制度的学习中,生活书店也开始主动寻求中共的帮助,但这不等于政治上倒向中共。作为一个文化机构,知识仍是其保持独立性的根基。此外,我们发现,生活书店自1930年代中期就表现出对某些类型的知识的偏好,正是这些知识在生活书店主动寻求中共的过程中扮演了关键角色。

什么知识重要?这对书店来说是一个重要问题。20世纪30年代初《生活周刊》的主要内容是介绍市民的工作和生活经验。1935、1936年生活书店一方面仍关心小市民的日常生活,为他们解惑,另一方面将大部分的编辑出版精力放在介绍唯物论辩证法和社会科学上。[2]

书店大量出版这类理论知识,一方面因为它们代表了当时知识界的整体

---

① 巴丢:《饱和的工人阶级一般认同》,傅正译,人文与社会网站:http://wen.org.cn/modules/article/view.article.php/607,2013年12月24日访问。

② 参见"生活书店图书目录",生活书店史稿编辑委员会编:《生活书店史稿》,北京:生活·读书·新知三联书店,2007年,第389-430页。

倾向,另一方面也因为书店领导把这类知识看作真理,很自然地用它们来教育店员。1938年4月生活书店西安分店邀请在延安读书的学生座谈,请他们介绍陕北的学习经验,并帮助书店成立读书会。参加座谈的有十个书店店员和两位"陕北公学"学生。座谈会由一位延安学生主持,他现身说法地指出自己在延安学到的马列理论使其找到自我。座谈会全体成员皆认可要学习唯物论辩证法和政治经济学,前者能明示规律指清方向,后者则能解决日常生活中的困惑。①这是抗战期间书店学习延安,提高干部水平的众多案例之一。在对唯物论辩证法的信仰中,兼有理论家和中共党员身份的沈志远、柳湜、胡绳等受到尊重。生活书店最重要的几份刊物,如《全民抗战》《理论与现实》《读书月报》都在上述几人的掌握中,而从1930年代上海一直追随邹韬奋的店员则更多负责事务性工作。

　　同时,延安干部教育的模式也被积极模仿。生活书店的创办人、抗战期间书店的重要领导艾寒松在《店务通讯》上教导店员:"成千上万的坚强青年是从这一个熔炉('抗日军政大学')训练出来了,他们的教育方法无疑问地是绝对正确的。我们生活书店也可以说是一个造就文化工作者、青年干部的实践学校,我们这一群的青年文化工作者是需要不断的学习,同时更需要'铁的团结'和'铁的纪律'。"②在这种氛围下,书店店员被派往延安培训,中共领袖周恩来、叶剑英等受邀为店员做讲座。③同时,各种茶话会、讨论会、学习小组的活动频繁,在谈论读书心得的同时,店员也被要求随时向集体报告个人的"生活问题",包括工作、恋爱、家庭、疾病和生活中的点滴感受。④一直到抗战结束,这种覆盖个人所有生活的组织实践在不断加强。我们能够看到,在1940年代中期生活、读书、新知三家书店联合发起的"模范工作者运动"中,针对普

①　《陕店第三次茶话会》,选自《〈店务通讯〉排印本》,上海:学林出版社,2007年,第66-73页。

②　逖生:《我们也需要有"生活检讨会"》,《〈店务通讯〉排印本》,上海:学林出版社,2007,第205-206页。

③　谷军:《真诚地为人民服务》,邵公文:《回忆周总理等中央领导同志对书店事业的关怀》,《书店工作史料》(第一辑),北京:新华书店总店,1979年,第95-102、74-75页。

④　比如诸祖荣:《同人的生活问题》,韬奋:《痛悼子桂同事》,选自《〈店务通讯〉排印本》,上海:学林出版社,2007年,第206-208、1191-1193页。

通店员工作和生活的指导，更加细致了。[①]

在浓郁的理论学习和书店上层的影响下，生活书店的普通员工和共产党发生了种种盘根错节的联系。武汉陷落后，生活书店迁至重庆民生路冉家巷十三号，店员的办公和宿舍都在这条巷子里。冉家巷除生活书店外，还有读书出版社、新知书店和《新华日报》营业部，前两个是明确的左派文化机构，《新华日报》则是中共官方的报纸。后来的回忆称这条巷子里四家机构的年轻人生活在共同的"家"里，每天早上新出炉的《新华日报》开启他们忙碌的一天。中共在这里的影响无处不在，四家单位的基层呈现为团结紧凑的熟人网络，不少店员还是亲戚。1941年政府加强文化管控后，这些工作、生活在一起的普通员工兴奋地结成联盟，抵制政府。[②]1941年生活书店总店和许多分店被查封时，书店的很多普通员工已经非常熟悉、认可共产党的政治概念和组织方式，他们中的不少人选择去延安学习，也有人参加新四军，更多店员就近转移到苏北根据地，进入共产党的文化部门。[③]

到延安去

1941年政府对生活书店的封禁令，实际上是摧毁了一个全面抗战以来自强奋进、组织不断扩大、共同体意识稳步增强的团体。政府封禁书店的行为造成了两种后果：一、书店总经理邹韬奋对政府极为怨恨，坚定转向中共；二、生活书店联合读书出版社、新知书店去太行和延安开店。这两种后果象征性地表达了1940年代体制化过程的基本问题：个人的政治选择如何发生？中共如

---

① 　比如能正确处理恋爱问题、对外态度需要有群众观点、每日读日报一种以上、每周读书10小时以上、积极参加集体学习等。参见黄洛峰（三联书店第一任总经理）：《改造事业改造自己》，仲秋元：《重庆三店合并前联合开展的一次评选模范工作者运动》《生活·读书·新知三店模范工作者标准》，载仲秋元主编：《生活·读书·新知三联书店文献史料集》（上），北京：生活·读书·新知三联书店，2004年，第191-193、203-206、198-200页。

② 　刘大明：《我与读书出版社》，范用：《一个战斗在白区的出版社》，选自《书店工作史料》（第二辑），北京：新华书店总店，1982年版，第140-193页。袁伯康：《重庆"读社"回忆散记》，余潜：《重庆"读社"琐记》，选自《书店工作史料》（第二辑），北京：新华书店总店，1982年，第221-226、227-229页。

③ 　参见韬奋：《患难余生录》，《韬奋文集》（第3卷），香港：生活·读书·新知三联书店，1956年，第389-393页；沈一展：《难忘的一夜（摘要）——记邹韬奋到达苏中解放区大众书店》，邹嘉骊编《忆韬奋》，上海：学林出版社，1985年，第351-353页。

何收编党外出版机构?

邹韬奋从1938年参与国家政治,到1941年出走香港,1944年临终前归属延安,这段历程最显著的变化是他对中共的认同。但在此变化中,"中国共产党"也许不是他想法中最关键的,"民主政治"才是邹韬奋所认定的中国政局应有的根本。"民主政治"是当时非常流行的政治术语,但不同的人对这个概念的理解方式有较大差异。同在国民参政会的李璜、左舜生、梁漱溟等不倾向在民主政治的概念下激烈抨击政府,民主政治在上述几人的言论中是国家走上良性轨道的手段之一。[①]而在邹韬奋那里,民主政治是根本性的正义,也就是说他认为政府是否实施民主政治是判断其合法性的标准,国家的一切都需要在这个真理般的术语下展开。事实上,在1939年前后邹韬奋还认为文化民主是能够超越政治的,书店存在的价值可以独立于政治党派。而到了1941年,他已经认定文化不可能独立于政治,政党决定文化,开书店也必须做出政治选择。他进一步认为,因为有武装力量的保护,国民党才无法随意查封中共的文化机构。[②]关于这一点,生活书店上下其实早有感受。书店遭禁时,《店务通讯》就有言论说,真正共产党背景的书店报刊因为有实体的党派、军队撑腰,检查机构不敢轻动,反而是生活书店这样的没有强大势力支持的民办书店遭到重创。邹韬奋在《患难余生记》中反复倾诉这一点,无意识中透露了文化只能"背靠大树好乘凉"的感悟。[③]

1941年由中共南方工委接洽的苏北之行是邹韬奋第一次亲身体验共产党根据地的生活。此时他已经放弃了国民党政府,民主政治的热情使之急切地去观察、体验根据地的生活。邹韬奋在苏北短短几个月间非常活跃。[④]他毫无保留地认可中共治下的生活,也终于认定共产党将为中国实现真正的民

① 参见左舜生:《近三十年见闻杂记》,沈云龙主编:《万竹楼随笔 近三十年见闻杂记》,台北:文海出版社,1967年,第519-521页;李璜:《学钝室回忆录》(增订本下卷),香港:明报月刊社出版,1982年,第485-487页;梁漱溟:《我努力的是什么》,选自《我的努力与反省》,台北:老古文化事业股份有限公司,2002年,第170页。

② 韬奋:《患难余生录》,《韬奋文集》(第3卷),香港:生活·读书·新知三联书店,1956年,第389-393页。

③ 韬奋:《患难余生录》,《韬奋文集》(第3卷),香港:生活·读书·新知三联书店,1956年,第392-395页。

④ 路绮:《邹韬奋先生到解放区》、王淮:《韬奋同志在南通的时候》、袁信之:《韬奋同志在苏北的片段》、游云:《韬奋在苏中解放区的片段(摘要)》、谷风:《韬奋同志在南通》,见《忆韬奋》,上海:学林出版社,1985年,第187-190、238-239、244-247、302-304、305-307页。

主政治。邹韬奋完全认同中共的同时,生活书店也开始部分地转移到共产党根据地,同去的还有读书和新知两家机构,这三店在延安和太行联合开设的书店,叫作华北书店。去根据地开店是生活、读书、新知三家出版机构为抵抗政府重击的选择之一,除中共边区外,他们在贵阳、皖南、柳州、桂林、曲江、重庆、香港也都设立了类似的联合机构。①周恩来的"统战"运作促成三家书店到根据地开店,但共产党并没有很快地把华北书店并入体制。1941、1942年延安的华北书店基本沿用原班人马②。直到1943年,伴随着整风运动,系统收编书店的工作才开始进行。书店经理柳湜被调到边区教育厅任厅长,发行部主任杜国均被调到绥德印刷厂当厂长。随后,华北书店被正式划给西北局宣传部。华北书店被并入后,似乎保有一定的出版权力,但从出书类型上看,它主要是与边区政府机关的合作,出版中小学教科书和文艺类书籍,很少涉及党政内容,也少有自己独立组织的编著出版。1943年整风进入高潮,华北书店在此期间被完全收编。首先是华北书店和陕甘宁边区新华书店的领导层互换,两年后,华北书店与边区新华书店的人员、财产全部合并、统一管理。至此,华北书店完全融入党的系统。③

事实上,华北书店的初期形象有"统战"的性质。毛泽东似乎倾向将这些人看作救国会系统,以"统一战线"形式进入边区政府而非党的系统。④变化发生在整风期间,这场思想与组织的重组运动改变了华北书店的性质和它的实体。1943年的合并给新华书店的出版宣传能力带来重大改变。在此过程中,

---

① 《生活·读书·新知三联书店文献史料集》(下),北京:生活·读书·新知三联书店,2004年,第1379-1380页。

② 华北书店经理柳湜、李文,发行部主任杜国均都是原生活书店的领导。1941年柳湜被调往边区教育厅,组织派林默涵主持华北书店的工作。林默涵其实也是书店旧人,他1938年在武汉时,做过生活书店最重要的刊物《全民抗战》的编辑,林默涵1938年8月到了延安,并在延安入党。

③ 关于两店合并的记录和回忆,见赵生明编著:《新华书店诞生在延安》,西安:华岳文艺出版社,1989年,第119-120、263-265页;曹国辉:《陕甘宁边区新华书店始末》、李文:《忆陕甘宁边区新华书店图书发行工作》,选自《书店工作史料》第三辑,北京:新华书店总店,1987年,第173-175、221-224页。

④ "救国会"全称"全国各界救国联合会",是1930年代中期在上海成立的抗日救亡团体。它的特点一是由知识分子领导,二是包罗的群体较为广泛,三是组织松散。关于毛泽东对其救国会性质的判断,参见《中国人民救国会会员大会、中常会会议记录》,载《近代史资料》(总105号),北京:中国社会科学出版社,2003年,第248页。

华北书店逐渐成为一个单一的发行部门，不复有生活书店编审出版一体的权力。经过党的重新分配，华北书店的干部逐步被分散到不同单位，这个过程改变了多少还保留着之前共同体特征的华北书店。1945年后，新华书店几乎没有一个原华北书店的干部了，他们离开延安去了不同的解放区，作为党的整体制度中的干部，而不是拥有相同历史与经验的书店团体中的一员。

结语

体制化问题更大的背景，是政党形式的组织观念与实践的发展。从20世纪30年代的进步青年到抗战干部，这个过程伴随着政党组织对社会和个人的影响的扩大。"组织"在战时的扩张是一种积极、正面的想象与行动，是不同阶层、职业群体为获得力量做出的有效尝试。我们熟悉福柯的权力、技术理论带来的阐释空间，比如组织话语如何规训了个体与团体，若以此视角来看抗战中的生活书店，也许会认为这是书店主体性失落、逐渐服从于政治特别是共产党的时期。但在本文的讨论里，我想强调书店作为历史主体，它主动选择共产党式的组织来使自身变得进步和有力量。书店在这方面的种种努力，帮助它在战争中支撑起庞大的实体机构，也为其注入左倾的、带有极强意志的精神。

多个方面的因素促成生活书店倾向中共。"干部"和"组织"在当时的中国是一种普遍的观念与实践，它们共同造成一类有极强集体化特征的团体与个人的兴起。生活书店沐浴在这样的氛围中，并以这样的方式自治。唯物论辩证法类的理论知识在出版领域的流行，加深了书店对中共的认同，并促成书店和中共的广泛交往。1938—1941年之间，生活书店的组织实践，是选择更有效力的制度保证文化机构主体性的尝试。如果我们用长时段的眼光来看20世纪中共与文化关系中的体制化问题，这是当中重要的一环，是发生在1949年之前的一种主动的制度性过渡，而其部分逻辑或许也延续至新中国成立后的知识与文化生产制度中。

（本文发表于《文艺研究》2017年第7期，收录本书时有删改）

到陕北去

——"七七"事变后一批青年的人生选择

　　1937年抗日战争全面爆发,给中国带来的一个直接的后果是大规模的人口迁徙,其中有数量庞大的学生。"七七"事变时,正值学校放暑假。我们都知道,放暑假,学生就不一定都在学校了,有些回家了,有些出去旅游了,有些去搞社会活动了。因此,当战争这个突发事件发生时,有些学校能很快作出反应,比如北京大学、清华大学、南开大学三校决意南迁,但还有很多大学,特别是中学在突发局面下无法迅速、有组织地作出反应,大量学生就这么流散了。这里可以举个燕京大学的例子。1937年夏天,燕京大学有个西北调查团到陕北旅游访问,在陕北期间战争爆发了,学生回不去北京了,有些就留在陕北参加了丁玲带队的"西北战地服务团"。随着日军战线的迅速推进,上海被占,南京沦陷,更大数量的学生需要转移,他们中的一部分能够随校迁徙,但大多数只能暂找栖身之所,辗转于后方各个城市。

　　国民政府想要短时间内解决流亡学生和失散青年的安置问题,是非常困难的。他们做了很多的努力,教育部自战争一开始,就为救济战区流亡学生,先后在河南、陕西、广西、重庆等九省市设立收容性质的"国立中学"共34所,也成立各种名目的战时训练班,一方面安置流亡青年,一方面培养党政军人才。但困境还是更抢眼。1939年李宗仁带头在国民党五届五中全会提了关于流亡青年的提案,他说:尽管抗战中政府维护了高等学府与学生,但为数众多的受中等教育的青年,正承受着家乡沦陷、教育中断的痛苦,而我们却不能照顾到这些敌伪侵持之下的一般青年,他们的身心之悲痛与愿能之饥渴,实难安于想象。这些青年有些未能转移至后方,转移了亦限于容纳,这是国家重大的缺失,是对青年无端的暴弃。[1]

摆在这些游散在社会上的年轻人面前的路,不算太少。他们可以在不同城市寻求机会,日本人虽然占领了北京、上海、武汉、南京这些民国的一线城市,但也使一些内陆城市在此时遭遇机遇、焕发活力,比如重庆、昆明、桂林、成都和贵阳。青年们也可以选择进入各种名目的战时训练班,战时训练班是专门培养所谓抗战人才的短期培训项目。如果我们翻看当时的报纸杂志,会发现这类短期训练班在战争初期有点遍地开花的意思,也很吸引年轻人。他们可能认为从这些训练班出来后,差一点能找个党政军基层干部的工作,好一点是真正能贡献于民族抗战。另外,作为有读写能力、受过教育的人,青年们也可以找宣传、动员类的工作,这在战争初期是大规模高调扩张的一个行当。当然,他们也可以继续读书和升学,因为如果我们了解当时教育部的基本政策的话,会发现政府意见仍以稳定为主导,提出“战时要当平时看”的原则,所以教育系统基本与战前保持一致,并没有因战争自乱阵脚、大规模崩盘。

不过,摆在青年面前的还有一条特殊的路,那就是到陕北去,到延安去。1938年初春,一个家住西南的十六岁女学生写了一封信给她的舅舅,吐露不满与冲动[2]:

> 近来的生活很无味,一切工作做得不行。政治机构的改组是失败,川滇黔三省是“民族复兴的根据地”,因此,特别难以救国。在成都已经有过一次高压,在重庆不久也将要到来。老实说:我也不过还站在门槛外面,即使有什么壮烈的牺牲也还不会就加在头上来,但并不能幸免而高兴,我只更感到救亡前途的黯淡了!另一方面,离开学校以后,一直闲着,职业?不说不会做什么,也是找不到。家是一天不如一天,虽然妈妈她还指望着日本被打败后爹爹“荣归”时发财。但这已是一个梦想!有时想到我的将来,家庭的将来,真正没有办法!如果到了支持不了的时候,这一家人的消耗,生活,怎么办?舅舅!我也是人,当然不会就没想到那许多问题,为了我自己,为了减轻家庭的——爹的负担,我只有离开

---

① 中国国民党五届五中全会教育组提:“为提请特施战区青年教育俾集心力而达抗战之成功案”,民国二十八年一月二十八日,载秦孝仪主编:《中华民国重要史料初编——对日抗战日期》(第四编战时建设四),中国国民党中央委员会党史委员会编印,1981年,第103-104页。

② 《一个小女孩的信》,载《抗战三日刊》,第58期,1938年3月。

这个家；但是如何离开呢？找职业么？这是非常苦难，而且为了我的信仰，为了我的意志，为了不埋葬整个的我的灵魂，我不愿在这个地方"规规矩矩"做一世"人"。我不能这样！半年来——一年以来，我尽考虑着我的生活，到现在，我知道这一切希望于家庭那盏灯都是幻想，都是错误！什么读书、享乐，都是无意义，也无法办到。所以现在，我只有一条路：到陕北去。有了一个相当长久的考虑时期，我想遍了所有的别人用过的方法，只有这是能够不令我失望，是能够让我生存下去的地方……

女学生的信恰好——否定了我们在上文中提出的青年的种种出路。她生活算是平安，但正因如此，她觉得自己离"救国"这个时代的主题非常遥远，心中不满。她也对政府不满，觉得政府给民众施加"高压"。另外，毕业之后找不到工作，她由此又想到拖累了家庭。有意思的是女孩对家庭的感觉：母亲指望军人父亲归来时带一笔发财的钱，而她认为救亡前景黯淡和政府不可能让发财梦成真。她用无味、不行、失败、黯淡形容眼下的日子，希望破网而出。这里更有趣的是她对延安的想象：帮助她不在"这个地方'规规矩矩'做一世'人'"。去延安是不规矩的，也是高级的选择，与实现信仰、意志、灵魂相关。去延安也是冲破家庭、失业、沉闷的安全、救国黯淡等所有眼下困境的办法。"延安"到底如何并不重要，只是"去"这个选择就已让她感到兴奋和满足。

"破网而出"可能相当体贴地符合到延安去的青年的心境。同时，也有一个观点的大市场和洪亮的舆论导向与之互动。

当时的主流舆论，很信任青年。用蒋介石对三民主义青年团训话中一段来概括就是："青年为革命之先锋队，为各家之新生命，举凡社会之进化，政治之改革，莫不有赖于青年之策动，以其为主力"[1]。简要概括一下就是，青年是珍贵的人力资源，谁要成事都得好好把他们用起来。这种观点各党各派都认可，但具体到实际行动中，各方意见关于怎么使用青年大有不同。国民政府的政策前面提过，基本是"战时要当平时看"，把教育大局稳住。据黄坚立的说法，此种政策也还是在提防共产党在青年人中的运动能力。蒋介石在1938年就密令教育部严格审查学校的演讲会和讨论会。中国学生救国联合会请求召开第二届全国代表大会，也被当局制止。而出于对共产党渗透力的忧惧和防范，国民党在1938—1939年对一般的民众组织和运动，也都采取消极处理和

---

① 蒋中正：《告全国青年书》，载《统一战线》，1938年第一卷。

压抑的方案。有些国民党高官在后来的回忆中，甚至认为"三青团"的建立就是为了防止青年去延安。①

中共的心态就解放得多。周恩来在1937年12月对武汉大学学生的讲话中称："今天，无疑是个变动的，战斗的，历史上从未有过的大时代"；"我们这一代青年应该庆幸恰好生活在这样的大的动乱的时代里。我们要在这时代里学习得充实起来，锻炼得强健起来"。周恩来对青年学生的规划也与"变动的""战斗的"一致："到军队里""到战地服务去""到乡村中去""到被敌人占领了的地方去"。②抱着这种教育理念的，也不止中共。教育界也有不少人主张在战时特殊环境下彻底更张教育制度，配合抗战需要，甚至有人认为"高中以上学校与战事无关者，应予以改组或立即停办，俾员生应征服役，捍卫祖国；初中以下学生未及兵役年龄，亦可变更课程"，而"南京撤守以后，战时教育议论更甚嚣尘上"。③

延安施行的正是战时教育，它要培养的不是高级知识分子、学术人才，而是以经济实用的方式培养抗战干部。这时候的延安有三所学校接纳外来的青年：抗日军政大学、陕北公学和吴堡青年训练营。抗日军政大学档次最高，主要培养军队干部，教育以政治、军事技术训练为主。陕北公学学制一般为两三月，课程同样以政治、军事为主，培养行政、民运干部。这样的教育制度，在当时的环境中，有它切实的优势：第一，短期政治军事训练适合战争环境；第二，学生毕业后服从分配，避免失业；第三，抗日军政大学、陕北公学收录学生不以文凭为准，认可同等学力，且年龄放宽，容纳了更多社会边缘人。很多年轻人青睐这种短时有效的学制，当然更重要的原因，还是他们对中共及其意识形态，以及共产党许诺的民族解放与世界图景抱有激情的向往。

到延安去的路途不能说不辛苦。青年首先要到西安，从西安到延安有八百华里的山道，可通汽车，也可步行。坐汽车的话，一般用两天可到延安，步行则需要十二天。汽车数量稀少，大部分去延安的年轻人都是结伴徒步北上，经过数个县的跋涉和光秃秃的荒野，一路风尘到达红都。这样的一段路程，一开始可能能靠激情撑着，但十二天的后半途，则需要一定的意志和决心了。

---

① 黄坚立：《难展的双翼：中国国民党面对学生运动的困境与决策，1927—1949年》，北京：商务印书馆，2010年，第131-135页。

② 周恩来：《现阶段青年运动的性质和任务》，载《战时青年》1938年创刊号。

③ 参见金以林：《战时国民党教育政策的若干问题》，载杨天石主编《战时中国的社会与文化》，北京：社会科学文献出版社，2009年。

陕北的生活是很艰苦的。很多学生挤在一个土炕上，夜里寒风从纸糊的窗户吹进来，常冻得人睡不着。老鼠、跳蚤和各种虫子很多，洗澡是非常奢侈的事情，伙食更加说不上好。严格的准军事管理，并不是一下子就能适应的，也有学生太有"自我意识"，很快对高度组织化的生活有了批判，随后离开延安。但更多的年轻人留在了陕北，接受全新的训练和改造。陕北的艰苦环境，在某种意义上反倒成了对意志的训练，他们称抗日军政大学和陕北公学是锻炼人的大熔炉，他们也把延安战时教育的经验，比如小组讨论会、生活检讨、集体批评和集体生活等，作为值得学习的先进经验介绍到大后方，吸引更多的青年奔赴延安。

抗日军政大学、陕北公学式的学校，在当下中国似乎是不存在了，而我们的舆论好像也更青睐那些拥有典雅民国范儿的精英学院，比如我们现在一提起西南联大，会很容易地自然陶醉在一种高级的、独立的、自由的大学感觉里。但其实当事人的感觉，未必有我们现在这么轻飘飘。我找到一封1938年一位西南联大学生的书信，文白句顺，我在这里大段抄录：①

> 你猜联大最当今的一个"运动"是什么？盯梢和抓奸。三校一混合，男女间的关系就"由量到质的剧急的随行若变化"了。粥少僧多，其实也难怪。何况都是些文法学院的多情的大学生，在暮春时节（此间天气通年如北平四五月）图书馆空虚，教授轮流告假去昆明过□（笔者注：此字看不清）。海关内有的是花木，南湖里有的是碧水，而且，以干柴近烈火，无怪其然。你说我太过么？笑话多着呢？什么"×××夜闯城隍庙，×××书卧三山亭"这些厕所文学，据云是写实云。其次则是三校女人之互相轻视，北大腐朽，清华庸俗，南开浅薄云云。往往夜幕下"克罗斯"洋行的庭心，就演起全武行来。

他继续说：

> 联大的口号是×，革命的去，不革命的来，反革命的装"算"云。而且这也是真的，这有×部视察员的演辞为证："上前线的思想错误，死读书成功后再报国的最为理想，遇事一切马虎的也尚不失中庸之道云。"自

---

① 《全民抗战》，第8期，1938年7月。

然，无法生活的去了，留下的大部分是达官富人的子弟，其次也是附庸于此阶层的分子，你说政府能不替"自己"的子弟尽力效劳以求若辈安全舒适，将来还可步武父兄后尘，光前裕后么？这是我对联大一般教育机关的看法。虽然自知难免过火，却没有比这更迎合兄弟目前的心境了。

抗战环境里，究竟西南联大更对，还是抗日军政大学、陕北公学更对，不是我们要讨论的问题，当然问题也不应该这样问。但从这封信里，我们至少能感觉到，延安的战时教育建设性地整合了战争中青年们的热望和诉求，这当然也比一般的高校，更直接、实际地贡献于国家抗战。

从另一些史料里，我们能看到，在"到延安去"的这个历史时刻，一些真实情感的分道扬镳。一位父亲在他写给报纸编辑的信里说：[1]

> 东线战场失利南京危机的时候，青年们更显得忧郁彷徨，都纷纷离开课堂，或跑到前线直接参加抗战，或投到短期训练，预备受到相当的知识，往民间服务，因此我的儿子也随同学们的邀约跑到陕北，考入抗日大学去了。他这一去是没有征求家庭的同意的，我对于他这样的行动很不赞成：第一，他不应该放弃"短期即可完毕"的学期，第二，纵因时局关系当以救国为先，也应该在武汉地方投考军委会办的战时工作干部调训班，或者投考军校，绝对不该跑到遥远的陕北去。我原没有姑息的念头，定要儿子守在家里过安全的生活，他有志干救国工作，我更没有阻挠的道理，不过，中国这样大地方，需要青年工作的地方很多，何必大家都纷纷往陕北跑呢？

这个父亲在后文中坦陈了他对陕北的忧虑。他的理由是一个后世看来很可笑，但设身处地地想却非常真实的考虑：国民政府会承认共产党给的学历么？也就是我们现在说的某某大学能不能得到教育部的官方认证。进一步的，延安毕业的学生能找到工作么？历史当然是把这个父亲的担心远远甩开了，儿子的选择在我们看来才是赶上了历史的节奏。但事实上，父子两代人关于陕北判断的代际差异，充满了冲动、偶然、世故、责任感的张力，因为当时大概谁也不能预判，也就是十年之后，不说当年抗日军政大学、陕北公学的学生已有可

---

[1]　《唯一的儿子往陕西跑去了》，载《抗日三日刊》，第61期，1938年4月。

能身负要职、独当一面了,真正面临合法性危机的,反倒成了大后方的那些大学。

（本文发表于《澎湃》2015年7月8日,收录本书时有所删改）

燕京大学学生对斯诺
Red Star Over China 的翻译与接受

斯诺的 *Red Star over China* 是一个在中国现代历史上举足轻重的作品。它是一个在上海和北京生活了八年的美国记者的作品,问世后在英语、俄语和中文世界得到广泛的回响,也对中国共产党的命运产生了不小的影响,。结合这个作品之后的历史的发展,我们从这个作品里读到最多的,是马上就要一跃腾起的中国共产党和毛泽东。这篇论文的视野有些不同,我关心的是燕京大学学生受斯诺的影响而选择中共的情感与行动。关于斯诺的写作,从一个角度看,斯诺夫妇是带着在北平学生中获得的振奋且美妙的体验,先后来到陕北的,回到北平后他们积极促成学生们选择中共。从另一个角度看,1936—1937年之交,燕京大学的学生是最早接触到斯诺陕北采访成果的群体。这个基督教教会大学的学生在"一二·九"学运中显示了令人印象深刻的爱国激情,而在接收到斯诺带回的陕北信息后,他们集体性地倾向中共。由斯诺夫妇关联起的红军和学生这两个群体,在斯诺的判断中都是新的中国人,在斯诺夫人的描绘中也是同一类人——她的判断我们相当陌生——清教徒。这篇论文要讨论的就是上述过程中斯诺、学生和斯诺笔下的中共,三者之间的互通是如何达成的?我们会从斯诺为什么认可中国共产党开始讨论,之后再落实斯诺对燕大学生产生直接影响的基础上,考察学生们倾向中共、到陕北去的一段心态史。

斯诺的陕北中共:新的"中国人"

1933年,时任燕京大学新闻系讲师的斯诺为《密勒氏评论报》访问了河北定县,目的是采访晏阳初在那里的乡村改造项目。斯诺在采访后写了一篇文章,题目叫"农村中国如何被重造"。在这篇文章里,斯诺认为中国已经有了不少教育、交通、食物和卫生上的进步,但基督徒晏阳初改造了"人",转变了中国人的生活态度,这远比引入西方器物和技术要深刻,因此,晏阳初不只是一个改良主义的教育家,更是革命性的改革者。[①]

斯诺对晏阳初"革命性"的看法,显然与我们熟悉的20世纪30年代乡村建设运动是改良的这一判断不同。斯诺判断定县改革有"革命性"的原因是晏阳初培养了新的"中国人"。1933年这一年,斯诺已来华数年,拥有对中国的稳定认识;这时的北平处在日军蚕食华北的阴影中,与斯诺深度交好的爱国学生将在两年后把意见和情绪付诸行动;斯诺也会获得去陕北的通行证,开启历史性的对红色中国的访问。因此,1933年斯诺在关于晏阳初的报道中提出的改造"人"的问题,是我们把握斯诺的一个切入点,这是他的中国经验的总结,也是斯诺对陕北形成判断的一个先在的重要认识。

斯诺1928年到上海后就在《密勒氏评论报》工作。当时驻华美国记者比较流行孤立主义的态度,他们希望中国强大,反对英日等国家在中国的殖民,反对他国干涉中国政治,但也认为美国不应介入中国局势。很能代表这种态度的,是斯诺《密勒氏评论报》的老板约翰·鲍威尔(John B. Powel),他始终支持国民党政府,称其"作为世界上最伟大的执政党之一,是名副其实的",他赞成国民党政府审查西文报刊,抨击以胡诌政府坏话为卖点的媒体。[②]从托马斯(S. Bernard Thomas)描述的斯诺在华经历看,斯诺进入《密勒氏评论报》后,很快融入亲华反帝的氛围。不过,尽管斯诺不满殖民者对中国事务的介入,但对笼统意义上的"中国人"也缺乏认可和信心。1929年,来华一年的斯诺采访了绥远的大饥荒,在萨拉齐目睹了令人震惊的悲惨,他看到"一些村庄公开地买卖人肉"。[③]采访灾荒对斯诺来说是一个偶然事件,但似乎正是这个偶然事

---

① Edgar Snow. *How Rural China is Being Remade*. China Weekly Review,1933.12.30.

② Powell主编的 *China Weekly Review* 一直与蒋介石政府有很好的合作关系,1920、1930年代他们刊登了大量交通部的铁路广告,宣传中国的基础建设,鼓励西方人旅行。交通部为此组织外国记者考察团,斯诺作为 *China Weekly Review* 的记者参加。Powell对国民党赞誉很多,对共产党则颇厌恶,可参见 John B. Powell:《在中国二十五年》,合肥:黄山书社,2008年,第30-36、123-130页。John B. Powell. *Passing of the Censorship*. China Weekly Review,1929.9.

③ Lois Wheeler Snow. *Edgar Snow's China: A Personal Account of the Chinese Revolution Compiled from the Writings of Edgar Snow*. New York: Random House,1981, p.39.

件,奠基斯诺对中国的基本感受。在他看来,"中国人"贫穷、肮脏和落后,很难想象有着这样的人民的中国能够成为一个现代国家。与他的老板不同,斯诺来华时,新兴蓬勃的国民党与北伐战争已经过去,在他和政府官员的几次交往中,国民党精英没有给他留下好印象。①

斯诺意识中对"落后中国人"的担忧,在随后的几年里朝着两个方向有了延伸和解答。首先,斯诺逐渐找到了他喜欢的、有着新生气象的中国人;其次,斯诺开始认为共产党的革命蓝图是亚洲自救、中国自救的方法。

1930—1931年斯诺在东南亚和南亚做了一个广泛的旅行,终点是印度。似乎正是这个与中国同样古老的东方国家,让斯诺肯定了共产党。他在后来的回忆录《复始之旅》中说:"印度帮助我理解中国和亚洲革命的全貌。"②1930年代初的印度和中国相似,多种革命思潮角逐,斯诺在印度几乎见到了所有重要的革命领袖。斯诺不认可甘地的革命,因为印度是"非现代的",甘地对传统和习俗的强调将政治和宗教混为一谈,太不实际。更为激进的尼赫鲁引起斯诺共鸣,被称为一个"现实的领袖,实践型政治家"。③斯诺后来说,这段时期快速、整体革命的想法在他观念中膨胀,这恰好应和了共产党关于整体变革的说法。也是在印度,斯诺第一次直接接触到共产党及其政治行动,并开始阅读马列作品,他后来认为这是他认真思考马列理论的开始。斯诺在印度收获的感受是他东南亚、南亚旅行的总结式收尾。他对共产党和共产主义产生感情,有一个前提性的关怀,即不发达的民族如何获得独立并建立现代国家。事实上,斯诺在旅行之前投递出去的一篇介绍中国共产党的文章里,已经透露了类似看法,他认为中国正在进行的人民革命,将激烈撼动整个亚洲的殖民资本主义(colonial capitalism),这是亚洲的伟大战争(a great war of Asia)。④之后的旅行让他更加确认自己对欧洲殖民者的反感,对美国孤立主义立场的反省。

在这样的革命里,共产党一方面是民族革命的力量,将带领民族战胜帝国主义的殖民;另一方面共产主义是源自西方的科学理论,比甘地式的东方神

---

①　S.Bernard Thomas. *Season of High Adventure: Edgar Snow in China*. Berkeley: University of California Press,1996, pp.41-62.

②　Edgar Snow. *Journey to the Beginning*. New York: Random House,1958, p.73.

③　斯诺在印度的详细经历参见其传记 S. Bernard Thomas. *Season of High Adventure: Edgar Snow in China*. pp.73-77.

④　Edgar Snow. *Communist Strength in China* 打印稿,转引自 Robert M. Farnsworth ed.. *Edgar Snow's Journey: South of the Clouds*. Columbia: University of Missouri Press,1991, p.17.

秘思想更能把苦难的东方带向文明,落后的亚洲国家将通过完全西化,进入现代。[①]而这样的整体西化需要在具体的个人之上得到落实。

斯诺对中国进入现代的理解,以个人的西化为方式展开,他认为中国需要一代新人,民族问题、社会问题只能由"现代"中国人来解决。晏阳初的定县实验深入到了伦理层面改造"中国人",这是斯诺理解的中国变革的关键。需要注意的是,对伦理改造的认可中有一种贯穿习惯、言行、情感和社会风俗的普世的文明标准,而这一标准当然是西方的。

1933年,斯诺和妻子迁居北京,夫妇二人很快发现了鲜活夺目的现代中国人,这就是燕大的激进爱国学生。无须赘言,这些学生接受的西式教育给斯诺带来了好感。更有趣的可能是,在斯诺夫妇对他们的认可中,有一种认为彼此都是清教徒、同属某个共同体的感受,而他们也的确在通过行动刺激中国政局这一点上有相同的看法。斯诺夫妇支持学生上街游行抗议政府。斯诺的家也成为学生策划政治活动的据点。[②]在比斯诺更激进的海伦·斯诺的回忆里,他们夫妇是1935年冬天北京街头"一二·九"学生运动的策划者,在她描述的游行现场中,要求革命的中国学生和美国记者被想象为一个正义同盟,共同反抗邪恶的政府。[③]

斯诺在北京的学生运动中找到的"中国人",延续到了陕北。在 *Red Star Over China* 里,斯诺对直接指挥中共革命的外国人,比如鲍罗廷、李德的评价很低,但他不反对苏联和共产国际在理论上帮助中国。尽管中共有强烈的将队伍无产化的冲动,但这不在斯诺的视阈里,在他看来,共产党由知识阶层构成,他说:"他们不是目不识丁的普罗塔利亚,而来自只占中国人口不到百分之五的受过基础或高级教育的人"。他强调中共的领导人比国民党更加"西

————————

① Edgar Snow. *Journey to the Beginning*. p.73.

② Edgar Snow. *Journey to the Beginning*. pp.139-142;陆璀《斯诺与一二·九》,见刘立群主编:《纪念埃德加·斯诺》,北京:新华出版社,1984,第41-47页。

③ 参见斯诺和学运参与者的回忆。Edgar Snow. *Journey to the Beginning*. pp.143-146。陈伯翰:《告慰斯诺先生》,见《纪念埃德加·斯诺》,北京:新华出版社,1984年,第48-53页;萧干:《海伦·斯诺如是说》,见《纪念埃德加·斯诺》,北京:新华出版社,1984年,第100-101页。海伦·斯诺:《旅华岁月——海伦·斯诺回忆录》,北京:世界知识出版社,1985年,第151-152页。

化"，而"西化"是革命正确的保障。[1]红军严整的纪律和集体意识，给了斯诺更具体的共产党在对普通中国人施行现代教育的感受。斯诺相信他们是摒弃传统的一代"新人"，能够建立现代文明的中国。[2]毋庸置疑，中共的确使陕北苏区呈现出昂扬面目，这也是抗战期间众多访问陕北的人的共同感受。[3]与史沫莱特观察到的由革命者与女性的私生活问题带来的令人略有疑虑的画面不同，斯诺1936年来陕北时，苏区是很纯粹的军事社会，尚未出现对革命集体纯洁形象的挑战。斯诺对普通红军战士的卫生、纪律、团结、国际意识、理论语汇、热情、献身精神充满敬佩。苏区红军和共产党领导的言谈举止，使他对中共充满好感。斯诺不大了解党组织的体制问题，他的理解中的"党"就是"人"，就是充满理想和道德的知识青年。在他看来，与晏阳初引介传统资源，以"礼"为根基、以教育为方式的改革相比，马克思主义的理论资源更现代，而科学的西方知识、艰苦的道德与挽救民族的理想，构成了"新人"，构成了"党"的德行。[4]

斯诺在北平触发的陕北热

斯诺从陕西返回北平后引发的震荡，可从他人的观察中感受一二。欧文·拉铁摩尔（Owen Lattimore）1937年春从英国回到北平时，很快发现了这里的新变化："人人都在谈论恢复统一战线。与此同时，在北京产生了巨大的轰动，斯诺成功地进入红区，出来后撰写了一些新闻报道……作为蒋和周之间的新协定的一部分，国民党对延安的封锁至少在名义上被取消了。人们都试

① 　Edgar Snow. *Red Star Over China*. New York: Grove Press, Inc.,1968, pp.357-364. Edgar Snow. *Journey to the Beginning*. p.172.

② 　Edgar Snow. *Red Star Over China*. London: Victor Gollancz LTD Reissued,1963, pp.114-122.

③ 　比如梁漱溟说他1938年7月访问延安的感受："在极苦的物质环境中，那里的气象确是活泼，精神确是发扬。政府、党部、机关、学校都是散在城外四郊，傍山掘洞穴以成。满街满谷，除乡下人外，男男女女皆穿制服的，稀见长袍与洋装。人都很忙！无优闲雅静之意。"梁漱溟：《我努力的是什么》，见《我的努力与反省》，台北：老古文化事业有限公司，2002年，第154-155页。黄炎培1945年访问延安也赞不绝口，参见黄炎培：《延安访问记》，民国丛书第5编，上海：上海书店，1996年，第79页。

④ 　Edgar Snow. *Red Star Over China*. New York: Grove Press, Inc.,1968, pp.352-356.

图到那边去：不仅有好奇的外国人，还有数以百计的中国知识分子、大学教授和学生。"拉铁摩尔就是"好奇的外国人"中的一员，他很快同另两个美国人、一个瑞典人一起到陕北去了。

也许1936年年底到1937年，斯诺在北平的写作、演讲和聊天，每一次都可称为事件，其影响导向了各种后续事件的发展。这特别表现在1937年燕京大学学生的一系列动作中，我们可清晰地整理出学生们通过斯诺走近中共的过程。

1937年2月，斯诺在燕京大学做了两次关于红军的讲座。第一次是燕大新闻学会在未名湖边的临湖轩主持的斯诺苏区采访成果的大会，斯诺当时正任新闻系讲师。临湖轩是燕大礼堂，常用来接待领导和社会要人，也是新闻系、新闻学会例行活动的场所。斯诺夫妇在讲座上放映了他拍摄的苏区影片，展览了110多张照片，据称到会人数异常踊跃，除燕大同学外，还有清华大学的学生和陈波儿带领的上海慰劳抗日军队代表团。2月22日晚，受燕京大学历史学会邀请，斯诺又在临湖轩作了一场报告，到场有300人之多。斯诺放了300多张幻灯片，电影300多尺。①

在斯诺带回新消息前，燕大学生们即使知道中国共产党、知道他们离开江西向中国内陆转移，也无从了解具体情况。虽然没有材料说明斯诺在燕京大学的演讲的内容是什么，但从时间上看，这次演讲的内容可能与3月份发表在上海《大美晚报》的 "The Reds and the Northwest: A Visitor to Communist Areas Tells His First-hand Observations" 一文相似。这篇文章是斯诺1937年1月份在北京协和教会午餐会上作的演讲。斯诺在这次演讲中，从观察者的角度讲谈了他在陕北的见闻和感受，话题包括国共关系、长征、苏区的工业、经济、政治和红军的生活等。斯诺突出强调中共愿意与国民政府合作，也赞美苏区条件虽然差但共产党有很好的群众基础，以及红军令人振奋的新气象，斯诺称他们是他在中国遇到的"最快乐的贫民"。②

演讲启发了学生的行动，两个燕京大学学生陕北访问团分别在1937年4

---

①　参见当时燕京大学校报的报到和当事者的回忆，《燕京新闻》（第3卷）第31期，1937年2月9日；第3卷第34期，1937年2月23日。张文定回忆亦提到两次演讲，见张文定：《斯诺在燕园》，见《纪念埃德加·斯诺》，北京：新华出版社，1984年，第132-139页。

②　Edgar Snow. *The Reds and the Northwest: A Visitor to Communist Areas Tells His First-Hand Observations*. Shanghai Evening Post and Mercury, 1937.

月和5月到达延安。①到延安后没多久，"七七"事变爆发了，不少学生就此留在了延安。访问团的学生之一、燕大新闻系的赵荣生1937年8月参加了丁玲领导的"西北战地服务团"，任通讯组组长。他随后以"任天马"的笔名写了《活跃的肤施》一书讲旅行团的延安行。书中坦陈斯诺对中国学生的影响：过去因为内战，人们不知道共产党的情况，流言种种非常神秘，"去年红军在吴堡渡河预备到山西去的时候，燕京大学新闻系讲师兼伦敦先驱报记者施诺先生曾到保安去访问过，带了很多的珍奇故事回来，我看了施诺先生拍制的电影，听了施诺先生多次的谈述使我萌生了到陕北探险去的念头"②。

中共对学生的招待富有技巧。先是领袖毛泽东、陈伯渠、朱德、陈赓与学生面谈，然后是重要的文化人徐梦秋、成仿吾、吴奚如、彭雪枫、丁玲、史沫特莱等与学生会面。学生们还被安排了解苏区的社会改造并观看话剧。话剧有两个，一个是北平学生非常敏感的东北问题，另一个是形式新鲜、普及时政的"活报"。延安还专门为学生访问团设计了集体娱乐活动：陈赓带他们出城骑马打靶；燕大学生和抗日军政大学学生比赛篮球、一同会餐，两校学生结为笔友之类。任天马总结他们和抗日军政大学学生交流活动："一个贵族学校的旅行团和普罗大学的学生赛球，在历史上尚属创举，而全国大联合的事实，这也许是一点最初的表现吧。"③

如果说到延安去还只是说明学生对中共有好感，那么正式入党则是明确的政治选择。1936年刘少奇到天津主持中共北方局工作后，北平学生入党出现了高潮。作为"一二·九"运动主力的燕京大学，1935年12月到1936年3月入党的学生有17人，包括与斯诺熟识的黄华、张兆麟和陈伯翰；到1937年7月，燕大入党的学生有45人，平均一个月有2.5个学生加入中共。这是一个共产党快速吸收左翼学生的特殊时期。此前中共党组在燕京大学消失了数年，而1937年7月之后一直到内战时期，入党的学生只有37人。

---

①　相关记载参见赵洛：《一个燕京同学抗日救亡的经历》，载《燕大文史资料》（第10辑），北京：北京大学出版社，1997年，第155-177页。黄华《随斯诺访问陕北和目击红军大会师》，见《百年潮》2006年第10期。

②　任天马：《活跃的肤施》，汉口：上海杂志公司，1938年。

③　任天马：《活跃的肤施》，汉口：上海杂志公司，1938年。

表1　1935.12—1937.7燕京大学学生入党及去延安的科系、人数统计表①

院系	新闻	社会学	历史	经济	物理	化学	医学预科	中文、心理、教育	总计
入党	12	11	7	5	3	2	2	各1	45
去延安	5	4	3	2	0	2	1	中文1、心理1	19

学生入党出现高峰,除北方局的运作外,斯诺本人起了巨大作用。斯诺去陕北时邀请黄华做翻译,黄华就此留在延安,后来成为中共重要的外交干部。1935年年底到1937年7月加入中共的燕大学生不少来自斯诺所任教的新闻系,有12人,社会学和历史系稍少,分别是11人和7人。这些学生中有12人后来去了陕北。从入党人数和去延安人数两栏可以看到新闻系、社会学系、历史系是学生进入中共组织最主要的院系(见表1)。可能的解释是,新闻系直接受斯诺影响。而斯诺1937年临湖轩的两次演讲正是由"新闻学会"和"历史学会"召集,参与者也以两系学生为主,演讲的效果在此显现出来。而社会学系学生是燕大农村调查、乡村建设的主力,这可能促使学生更容易意识到社会改革的问题,并接受斯诺给出的共产党是改造中国之希望的图景。

印刷物上的"陕北"比言传身教更能造成大范围的影响。斯诺一回到北平就投入写作,有关陕北中共的英文文章陆续发表,中文翻译也同期进行。1937年4月,根据斯诺部分英文手稿译出的《外国记者西北印象记》在北平秘密印刷,印好后就被送到燕京大学、北平大学和东北大学等各个高校图书馆。②可以说,这本书最早奠基了人们,特别是青年学生对"红色中国"的认识。

《印象记》的译者为求较完整地展现中共苏区的情况,选择了反映长征的廉臣(即陈云)的文章、关于川陕苏区的文章、关于陕北苏区的文章和1936年之后共产党的最新讯息。就比重来看,陕北苏区是全书的重点。斯诺的文章占全书近四分之三,所有照片也都来自斯诺,展现出陕北的自然环境和中共

---

① 本表根据《战斗的历程——1925—1949.2燕京大学地下党概况》整理得到,北京:北京大学出版社,1993年,第60-81页。去延安学生的人数不包括未加入中共的燕大学生。1937年"七七"事变对北京高校造成严重打击,燕京大学虽然未像北大、清华那样南迁,在战争的刺激下去延安的非党员学生也有相当数量。

② 李放:《斯诺〈西北印象记〉翻译始末》,选自《纪念埃德加·斯诺》,北京:新华出版社,第160页。

的生存状况。①斯诺的几篇文章是他当时已经完成的 *Red Star Over China* 的手稿:《毛施会见记》包括斯诺与毛泽东的五篇谈话("外交""论日本帝国主义""内政问题""特殊问题""论联合战线");《红旗下的中国》基本上是 *Red Star Over China* 第一版中的 13 个章节(英文书在内容上有增添)②;《红党与西北》是斯诺 1937 年 1 月 21 日在北平协和教会上的演讲。史沫特莱的文章是她 1937 年 3 月 1 日在延安和毛泽东谈话后的文章,反映了共产党最新的政策。毛泽东手书一封给斯诺请他宣传:"我同史沫得列谈话,表示了我们政策的若干新的步骤,今托便人寄上一份,请收阅,并为宣播。我们都感谢你的。"③与斯诺的英文写作一样,毛泽东是《印象记》的最大主角。书的开篇即是毛泽东头戴红星帽的大幅个人照片。这张照片原本是半身照,《外国记者西北印象记》中剪裁为肖像照,五官更加清晰。相片的说明是"毛泽东——苏维埃的巨人",并称之"性格类似林肯""其为人宽大、诚恳、颇富民主精神及对弱者之同情心""他此次领导了有名的长征,可见其军事天才殊不下于其政治经验也"。④

在某种程度上,《外国记者西北印象记》奠基了青年学生对陕北的第一印象。这本书的译者有四位,分别是王福时、郭达、李放和李华春。这里的问题是,他们为什么要翻译这本书?《外国记者西北印象记》是秘密印制问世的,它的合法版本是几个月后的丁丑编译社本和陕西人民出版社本,以及《红旗下的中国》《中国红区访问记》等节选本。⑤那么,这样一个秘密印刷、宣传"红色中国"的过程是如何发生的? 对这两个问题的考察,将引导我们观察到当时活跃在北平高校的一个特殊的学生群体,以及他们的焦虑与激情。

---

① 这本书的主体是斯诺的文章,包括《毛施会见记》《红党与西北》《红旗下的中国》。另还收录了美国经济学家 Norman D. Hanwell 关于四川苏区的三篇文章,史沫特莱的《中日问题与"西安事变"》,以及署名廉臣的《随军西行见闻录》。

② 即 *Red Star Over China* 的第一部分 1、2、4 章,第二部分 1、2、4 章,第三部分 1、4、5 章,第六部分第 1 章,第七部分 1、2 章,第八部分第 2 章。

③ 参见中共中央文献研究室编:《毛泽东书信选集》,北京:人民出版社,1983 年,第 100 页。

④ 见《外国记者西北印象记》的排印本《前西行漫记》,埃德加·斯诺等著,王福时、郭达、李放,等译:《前西行漫记》,北京:解放军文艺出版社,2006 年,第 17 页。

⑤ 本书译者之一李放说:"一九三六年六月我南下,在各地所见各种版本,似乎都还是北平第一版的翻印本,只是封皮、颜色、字体、纸张各有不同",见李放:《斯诺〈西北印象记〉翻译始末》,选自《纪念埃德加·斯诺》,北京:新华出版社,1984 年,第 159 页。

"东北"的感情与接受中共

　　《外国记者西北印象记》的四位译者中,王福时、李华春和李放在"九·一八"前都是东北大学的学生。1931年东北大学迫于战事入关迁至北平,建制遭到很大破坏,王福时就先后转入燕京大学和清华大学读书。李华春随东北大学入关、复学,1935年从东北大学政治学习毕业,到《东方快报》当编辑。李放是广东人,出生在河北,1929年考入东北大学物理系,他也随校到了北平,在复校后的东北大学读书。毕业后,李放也到了《东方快报》当编辑。郭达是湖南湘潭人,毕业于北平财政商业学院,随后在燕京大学工作,成为王福时的朋友,1933年郭达因左派运动被捕入狱,1937年出狱。

　　王福时是四人中唯一与斯诺有私交的,也是翻译活动的关键。王福时不是普通的东北学生。他的父亲王卓然,青年时期在奉天的基督教青年会结识了张学良,二人很快成为挚友,1931年5月王卓然随张学良到了北平。张学良去西安后,王卓然是处理张学良在京事务的第一人,身兼多重要职:东北大学校长、张学良和"东北民众抗日救国会"的联系人、"东北外交研究会""东北问题研究所"负责人。西安事变后王卓然创办了《外交月报》《东方快报》(初称《覆策》)和《东方快报》印刷厂,接收包括李放和李华春在内的不少东北大学毕业生在报社工作,《外国记者西北印象记》就是在他的印刷厂印刷成书的。斯诺在1930年代中期就与王氏父子相识,也是王家的座上宾。1936年斯诺从陕北归来后,王福时很快看到斯诺带回来的资料,旋即邀约几位东北、燕京友人共同翻译,并借助父亲资源完成印刷。[①]

　　从译者的身份看,《外国记者西北印象记》的翻译冲动与东北流亡关内学生的情绪有关。这些译者也不是这个判断的孤证。如果我们将考察范围扩大一些,扩展到斯诺身边的爱国学生,以及关心斯诺陕北之行、左倾、到延安去并

---

　　① 本书翻译和印刷过程参见译者回忆。李放:《斯诺〈西北印象记〉翻译始末》,见《纪念埃德加·斯诺》,第159页;孙成德、李荣:《甘洒热血唤长风——追忆〈外国记者西北印象记〉译者李华春》总第2207期,《中国档案报》2011年9月16日;孙成德、李荣:《才笔纵横显芳华——记〈外国记者西北印象记〉译者李放》,《中国档案报》总第2219期,2011年10月20日;王振干等编:《东北大学史稿》,长春:东北师范大学出版社,1988年,第34-47页;东北大学史志编研室:《东北大学校志》(第一卷,上册),沈阳:东北大学出版社,2008年,第27、30页。

入党的学生,会发现"东北"是一个极为醒目的身份特征。

表2   1933—1937年斯诺与北平学生(燕京大学为主)的交往情况[①]

燕大学生(学生自治会)	参与"一二·九"的学生	翻译/助手
张兆麟(新闻系) 黄华(经济系) 龚普生(经济系)	张兆麟 黄华 陈翰伯	黄华 王福时(燕京大学、东方快报) 郭达(燕京大学、东方快报)
龚澎(新闻系) 陈翰伯(新闻系) 张淑义(社会学系) 萧乾(新闻系) 杨刚(英文系) 王福时(社会学系) 郭达(管理学院院长秘书) 李敏	宋黎 俞启威 姚依林 陆璀 龚普生 龚澎 张淑义 李敏	李华春(东方快报) 李放(东方快报)

表2反映了斯诺在北平期间与学生的交往状况。学生主要有三类群体。第一类是燕京大学的学生,以斯诺所在的新闻系学生为主。这些学生大多也是燕京大学学生自治会的骨干,这个自治会领导了燕京大学的"一二·九"运动。第二类群体是各高校的学运领袖。第三类就是斯诺的翻译者,王福时后来还作为海伦·斯诺的翻译,跟她一起去了延安,回北平后,他写了一篇《自陕北归来》,报道中共的最新政策和延安见闻。[②]

这些学生当中,除去三位翻译有"东北"渊源,燕京大学学生会主席张兆麟是原东北大学的学生;学生会执行委员会主席黄华,也就是斯诺在延安的翻译,"九一八"前就读于东北锦州交通大学。1935年年底北平的学生运动中,东北大学是主力之一,其领袖宋黎是示威队伍的总指挥,1935—1936年宋黎

① 本表根据以下材料整理:海伦·斯诺《旅华岁月——海伦·斯诺回忆录》,第141-163页;北京大学党史研究室编,王效挺、黄文一主编《战斗的历程——1925—1949.2燕京大学地下党概况》,北京:北京大学出版社,1993年;燕京大学校友校史委员会编《燕京大学史稿》,北京:人民中国出版社,1999年,第626-1160页。

② 丽亚:《从陕北归来》,载《文摘》1937年第1期,第202-206页。

与其他学运领袖常在斯诺家聚会,计划行动。[①]

　　在这些学生的感情中,"东北"意味着什么? 东北沦陷后,逃难的东北学生大部分到了北平,有些在复校的东北大学复学,有些被安排到北大等高校借读,也有的通过重新考试进入燕京大学、清华大学读书。不难理解,他们对抗日、收复失地比其他中国人有更具体、更急切的体会。1936年东北大学校长周鲸文去西安见张学良,张学良对他说:"我们这个学校的特殊性,不是一般的大学,而是为了抗日造就干部。"[②]周鲸文在复校后的开学典礼上,沉痛地对东北的流亡子弟说:"我们侥幸逃到关里来,虽然受罪,尚可过着人的生活,我们亲友留在关外的,过的是恐怖生活,过的是亡国奴的生活。"[③]正因这种切身的悲愤和紧迫感,转入其他高校读书的东北学生往往能成为新学校的风云人物。1935年燕大全校学生开会,选了张兆麟和黄华当学生会领袖。新的领袖在燕京大学内部刊物中提出,学生会的任务就是领导学生实行游行和政治运动。[④]而通过张兆麟、黄华等,燕京大学也和东北大学发生更亲密的联动。与别的高校比,当时的东北大学除了日常知识教育外,还有严格的军事训练制度,他们成立了"东北大学学生军",按"步兵操典"训练、实弹演习并练习游击战。[⑤]强调军事皆因学校上下感到收回东北是他们责无旁贷的任务。与东北大学熟识的黄华,获得军训教官的允许,用燕大校车从东北大学借出包括步枪、手榴弹的武器,组织燕大学生夜里在未名湖搞军事演习。[⑥]

　　更重要的是,东北的学生可能对国民政府没有亲切感和归属感。东北大学在入关前叫作"省立东北大学",所谓"省立"说的是奉天省。东北大学的初始启动经费是张作霖让省财政厅给的,之后的经费除每年财政厅拨款外,就

　　①　东北大学在1935年冬学生运动中的主力地位,可以通过12月16日的情况了解。燕京和清华的学生吸取12月9日西直门城门关闭的教训,前一夜入城住进东北大学西直门内北沟沿校区的宿舍。第二日学生们组成燕京、清华各30人,东北大学数百人的队伍。参见黄华:《亲历与见闻——黄华回忆录》,北京:世界知识出版社,2007年,第10-11页。

　　②　东北大学史志编研室:《东北大学校志》(第一卷,上册),沈阳:东北大学出版社,2008年,第35页。

　　③　同上。另外,东北大学的有些学生随校迁入关内读书,毕业后即返回东北组织抗日活动,少年铁血军总司令苗可秀就是其中之一。由此可见东北大学学生急切抗日的意愿。

　　④　张兆麟:《学生运动——燕大学生会的使命》,载燕大学生自治会出版委员会:《燕大周刊》第3期第6卷,1935年10月25日。

　　⑤　参见东北大学史志编研室:《东北大学校志》(第一卷,上册),第995-1019页。

　　⑥　黄华:《亲历与见闻——黄华回忆录》,北京:世界知识出版社,2007年,第2页。

是来自张学良的巨额捐款。①1932年之前国民政府教育部不负责东北大学的任何费用。在某种意义上,东北大学是张家办起来的高校,学生虽不一定认同学校归属张学良,但对张的归属感高于对蒋介石,对奉天政府的归属感高于对南京政府。因此,西安事变后,当教育部要通过更换校长整顿东北大学,变"省立"为"国立"时,东北大学师生做了激烈的抵抗。当时的校长周鲸文用了"欺负""欺人太甚""眼里没有东北人""赶尽杀绝""趁火打劫"等词表达愤慨。他还表态,东北大学的钱都是东北地方筹的,校务归地方管,中央一分钱没掏过,法理上就不能接收东北大学,并说"东北大学直接向张学良负责,中央和我无关,我也没道理听中央的命令"②。学生们也成立了"东北大学护校赴京请愿团",打算到南京请愿,以作抵抗。

正是这些有着"东北"渊源的学生集体表现出对南京政府的疏远和对陕北中共的亲近,其背后的原因与国民党政府从未实现政治上的统一,一个抽象的国家、中央并未取代人们对地方的认同有直接关系。在这篇论文考察的这段历史中,"东北"认同领导了北平学生的激情。这一点可以从两方面来看。首先,从东北流亡关内的学生在发表言论、闹风潮和搞活动上更积极,这其实是一种强大的势能,把时局、关心和参与大事的欲望、个人的沉痛经历、青年人的事业感、成就感等都裹挟在内。当然也有另外的声音在平衡学生们的行动的激情,但显然,与平淡的学院生活中的学生相比,激进者更容易被识别,也更容易产生短时、快速的影响力,燕京大学1935年学生会的选举结果就是这一状况的说明。另外,东北学生是"一二·九"运动的领袖和主力,他们的所思所虑很清楚,这也就是1930年代上半期东北大学常规的军训和黄华在未名湖畔组织的军事演习所表达的:要以武装实力收回东北。这一愿望及其资源、能量当然也可被国民党吸收,但政府处理"东北"、东北大学和学生运动的方式,背离学生的期待。而共产党这边,由共产国际支持的抗联在东北坚持抗日活动,有关他们的新闻通过在莫斯科排印、在巴黎出版发行的《救国时报》有可能传播到各地。东北学生倾向另一派有武装实力、有收复东北实际作为的政治势力,在这种对比中合情合理。

---

①　张学良1929年给东北大学捐款大概在180万大洋左右,这个数字是什么概念呢?1930年,奉天省财政厅给的经费大约是7万大洋左右,1932—1935年,国民政府教育部给的钱每年依次是:18万、2万、33万、33万大洋。参见东北大学史志编研室:《东北大学校志》(第一卷,上册),沈阳:东北大学出版社,2008年,第1047-1050页。

②　《东北大学校志》(第一卷,上册),沈阳:东北大学出版社,2008年,第124-126页。

斯诺从陕北带回来更加确凿的抗日信息。斯诺之前，1930年代的国人对中共和红军的印象不太好。1929年中东路事件中共"武装保卫苏联"的口号，使一般的爱国人士对共产党心存疑虑。尽管中共一直力主抗日，但偏居江西的红军很难在国内媒体宣传自己的主张。在《大公报》《申报》等有影响力的大报上，共产党总要被冠以"匪"称。斯诺的到访让共产党的抗日主张和实力，终于可以有体系、有细节，甚至是有照片、有真相地宣示出来。斯诺是美国记者，他很关心中国和西方国家特别是美国的关系。中共的措辞照顾了他的"美国"身份，称"美国政府及极大多数利益不冲突，并愿与之订立太平洋的战线，反对日本侵略者"，而"英国支持日本对满洲之侵略"，"希望不要尝试罗斯之企图，因为这是瓜分中国之企图"。①毛泽东更是表示：中国的当务之急是"民族救亡"而非"修改条约"，抗战胜利中国取得独立后，根据各个国家的"战时表现"，他们的利益将得到不同程度的尊重。②不难估量这些说法带给东北学生的振奋，这种振奋不只是情绪上的，也是真实的选择问题。邓野在关于战后政局的研究中提出民国政治有一种自身的传统，即依靠武力的逻辑。③由此逻辑看，对学生来说，陕北意味着武装抗日的可能性被真实地看到了，学生们不只是在自己左倾的思想脉络上找到了共产党，中共实际上填补了其实早该被填上的位置，红军则是一直被苦苦渴望的力量。

基督教与校园

在斯诺夫妇对燕京学生和陕北红军的描述中，有一种颇显眼的感受：他们都有清教风格。如果我们不将之当作误解，愿意从这个角度去看燕大学生

① 程中原：《有关斯诺访问陕北的史实补充和说明》，《党史文汇》，1998年第4期。

② 毛泽东、斯诺：《中国共产党和世界事务》，见吴黎平整理：《毛泽东一九三六年同斯诺的谈话，北京：人民出版社，1979年，第124-136页。Edgar Snow. *Chinese Communists and World Affaires: An Interview with Mao Tse-tung*. Amerasia,1937.

③ 邓野：《联合政府与一党训政：1944—1945年间国共政争》，北京：社会科学文献出版社，2011年。

和陕北的关系的话,可能会在通常的民族主义和政党运动学生的解释外①,获得关于学生选择中共的另一层认识。关于这个话题的两个基本问题是:在什么意义上,燕大的基督教性质与学生有实在的关系?以及斯诺夫妇观察到的作为学生和中共共通点的"清教"是什么?

　　燕京大学的基本性质是基督教教会大学,基督教青年会(The Young Men's Christian Association)对这所学校有重要影响。1916年燕京大学由三所基督教会学校合并而成,从建校到1940年代许多领导和教员都是基督教青年会成员,或很支持青年会活动,这里面就有校长司徒雷登,校董艾德敷,第一任华人校长吴雷川,教授徐宝谦、赵紫宸等。他们大多是基督教青年会在华发展历史上的重要角色,同时在学校和青年会有双重职务。从能掌握的材料看,与斯诺夫妇交好且是学运主力的学生中有数人是青年会成员。龚普生是基督教女青年会(The Young Women's Christian Association)成员,后来成为上海基督教女青年会干事,1939年代表中国到阿姆斯特丹参加世界基督教青年大会。张淑义也是基督教女青年会成员,后来成为女青年会全国工业干事。据Arthur Lewis Rosenbaum最近的研究,燕大基督教氛围最浓的时期是1924、1925年左右,每年入学新生基督徒占80%以上,随后比例发生大幅下降,但抗战全面爆发之前学校仍有明显的基督教氛围,1934、1935年的入学新生基督徒仍占30%多。②Shaw Yu-ming和Arthur Lewis Rosenbaum都认为,燕大校长

---

　　①　过去的革命史叙述在描述这一时期北京学生运动时,强调学生的"进步性",这意味着马克思主义和共产党是学潮的主要精神指引。当然不能否认共产党的作用,但它并不是全面策划、领导运动的角色,否则也不会出现海伦·斯诺认为他们的客厅是运动策源地的想象。后来学者在讨论1930年代北京学院的左翼思潮时,也倾向将问题归结为马克思主义这单一思想来源,这是不准确的。事实上,1930年代中国共产党在全国的党组织大都遭到严重破坏,组织"一二·九"运动的"北京大中学校抗日救国学生联合会"的领导层当时只有三个共产党员,1933年年底到1935年12月,燕京大学没有党支部,1934年之后学校里甚至没有一个党员。关于共产党在1935—1936年北京学生运动中的角色位置,参见John Israel. *Student Nationalism in China, 1927—1937*. Stanford: Published for the Hoover Institution on War, Revolution, and Peace by Stanford University Press, 1966, pp.152-156.关于燕京大学党支部的情况,参见王效挺、黄文一主编:《战斗的历程——1925—1949.2燕京大学地下党概况》,北京:北京大学出版社,1999年,第42页。

　　②　Arthur Lewis Rosenbaum. *Christianity, Academics, and National Salvation in China: Yenching Univeristy, 1924-1949*. in Arthur Lewis Rosenbaum eds.. *New Perspectives on Yenching University, 1916-1952: A Liberal Education for a New China*. Chicago: Imprint Publications, 2012, pp.282-283.

司徒雷登的管理始终试图平衡自由学院和基督教宗旨的张力,在宗教重要性不断下滑过程中保证宗教对学校氛围和精英培养的影响力,他在1926年建立的基督教团契(The Yenching Christian Fellowship)被认为是最重要的措施。[①]

关于基督教和激进学生关系的研究有两种不大相同的意见。易社强(John Israel)总体上不认为基督教与学生运动有太大关系,他认为"一二·九"中学生们最终放弃学院中西化教授们提出的救国方案,转向总括一切迅速解决中国问题的革命思想,特别是列宁主义。[②]但专门研究中国基督教特别是基督教青年会与社会运动关系的学者认为1930年代中期随着国难加深,中国基督教青年会自身的理念发生变化,耶稣是"反体制者"的特征被张扬,和民族主义发生更明显汇合,青年会"社会福音"的主旨最终转变为"革命福音"。[③]我认为1930年代燕京大学左倾学生群体中,基督教发生作用的方式未必是直接领导或完全共享神学/社会观念。学校的基督教特征和学生在两个维度上建立关联:活动渠道和生活风格。

活跃在斯诺身边的燕京大学学生自治会是1935年前后燕大激进学生的组织,尽管学校整体气氛与自治会表现出的政治行动激情有差距,但总体而言燕大爱国氛围较浓。1935年12月9日西直门外的游行队伍中,燕京大学有550人,占总数的70%,其中有不少家境优越者和华侨学生。[④]燕大的运动当事者也认为"一二·九"前他们在燕京、清华和东北大学三所学校取得了影响

---

① Shaw Yu-ming. *An American Missionary in China: John Leighton Stuart and Chinese-American Relations*. Mass.: Council on East Asian Studies, Harvard University: Distributed by Harvard University Press,1992, pp.71-92. Arthur Lewis Rosenbaum. *Christianity, Academics, and National Salvation in China: Yenching Univeristy,1924—1949*. in Arthur Lewis Rosenbaum eds. *New Perspectives on Yenching University,1916—1952*, pp.265-294.

② John Israel. *Student Nationalism in China,1927-1937*. pp.105-106,186-187.

③ Philip West. *Yenching University and Sino-Western relations,1916—1952*. Cambridge: Harvard University Press,1976, pp.136-150. Xing Jun. *Baptized in the Fire of Revolution: The American Social Gospel and the YMCA in China 1919—1937*. pp.74-44,126-151. 陈秀萍:《沉浮录:中国青运与基督教男女青年会》,上海:同济大学出版社,1989年。

④ 燕京大学校友校史委员会编:《燕京大学史稿》,第513页。另有说法称有470多人,当时燕京大学学生不到900人,12月9日参与游行的学生占学校学生数量一半多。Philip West. *Yenching University and Sino-Western Relations,1916—1952*. Cambridge: Harvard University Press,1976, p.148.

学生的优势。①

　　这一状况与燕大关心时政的学生团体比较发达有关。1930年代,虽然校园里有时政色彩的活动常被监控禁止,但各种隐蔽或改头换面的聚会并未因此完全停止。燕京大学的特殊之处是,宗教聚会为关涉时政的活动遮风挡雨。1930年代就读于燕京大学的侯仁之回忆说:燕京大学的"基督教小团契"(Small Christian Fellowship)是光明正大的团体活动,教徒、非教徒都可以参加小团契,但活动内容不止于宗教,还有讨论时事政治的小组。②侯仁之的回忆提供了左翼思想在燕京大学流播的一种方式。张兆麟、陈伯翰、黄华、王福时等人主持参与的"事实座谈会""东北问题研究会""反帝大同盟"是讨论时政的重要团体,这些团体和他们的活动能集合有共同想法的学生,为实现某种集体性的运动和转变做准备。③如前文所述,"基督教团契"是司徒雷登为保持基督教影响所创立,同时也避开了政府禁止学校内传教的限令。可以说,在某种程度上,"基督教团契"的形式在传教和传播左翼思想两个维度上避开了当时的政府。同时宗教聚会也为消息传播提供渠道,抗战全面爆发后,龚普生到上海,在基督教女青年会的聚会上做了关于斯诺夫妇采访苏区的报告,进一步扩大斯诺的采访与陕北中共的影响范围。④

　　另外,燕大不禁马列读物,这可能促使对此感兴趣的学生在认识上加固马克思主义立场。黄华在回忆录中就提到他在燕京大学阅读马恩列斯著作英译本的经历。⑤燕大的英文刊物订购全面,当时的学生也爱看杂志。⑥而这些杂志就包括了刊登斯诺红区报道的 *Asia*、*Life*、*Saturday Evening Post*、*The New Republic*、*Amerasia*、Communist、*China Weekly Review* 和 *Shanghai Evening Post*

---

　　① 韩天石等:《临湖轩座谈"一二·九"》,选自孙思白主编:《北京大学"一二·九"运动回忆录》,北京:北京大学出版社,1988年,第1-37页。

　　② 侯仁之:《我从燕京大学来》,北京:生活·读书·新知三联书店,2009年,第10页。

　　③ 黄华:《亲历与见闻——黄华回忆录》,北京:世界知识出版社,2007年,第2页。

　　④ 见陈一鸣的回忆,陈一鸣:《〈西行漫记〉激励上海青年投身革命》,载《世纪》2005年第4期,第26-28页。

　　⑤ 黄华:《亲历与见闻——黄华回忆录》,北京:世界知识出版社,2007年,第2页。

　　⑥ 据燕大图书馆的统计材料,1930年下半年杂志的流通占书报刊综合的25.78%,居首位,借西文刊物占全部语种的16%左右,1948年燕大图书馆西文杂志共有1435种。参见《一九三零年秋季本馆借出书籍分类统计表》,见燕京大学图书馆出版《燕京大学图书馆报》,1931年2月15日。《燕大图书馆概况》,见燕京大学学生自治会编印:《燕大三年》,1948年9月。

and Mercury 等。这意味着学生有获得关于共产党的信息的渠道，不仅可凭此途径知道、了解斯诺报道的毛泽东和红军，国际左翼运动的动态也都能够获取。

宗教的另一层作用是内向的，也就是斯诺夫妇说的学生和陕北红军共享"清教"风格。

清教（Puritan）特指英国宗教改革后新教中发展出的更为激进的一支，它反对天主教及新教的腐败，要求恪守严格的道德和行为戒律。清教徒在英国受到排压，遂大量移民到北美，所以也有美国以清教徒立国的说法。燕京大学是美国基督教教会立校，学生的生活可能受到清教氛围的影响。据李志刚的研究，传入中国的基督教青年会在1920、1930年代大力推行"人格救国"主张，希望通过个体之于世界、国家、社会、家庭、己身的道德训练重建伦理秩序从而实现爱国救国。①宗教和救国双重影响下的学院氛围认为"没有意义、白花时间"的娱乐是"玩物丧志"。②随华北局势恶化，要求学生关注时局的呼声压过对个人品学兼优的要求，后者被认为"对自身的责任糊涂"，是"逍遥主义"，燕大学生自治会为此特别成立"时事研究会"，以正风气。③

左倾学生中的黄华、张兆麟、刘克夷、叶德光等十多人组成"刻苦团"，"提倡生活刻苦、锻炼身体，准备日后参加东北义勇军打日本"。团员"平时不进城，不上电影院，早晨起来做各种锻炼，穿蓝布大褂，吃食堂价低的饭菜，住冬冷夏热的阁楼宿舍"，"还尽量挤时间阅读进步刊物和理论书籍"。④这样的生活风格很有清教徒的色彩。从海伦·斯诺的视角看，燕京大学的激进学生们具有清教徒所应拥有的卓越品质，她在回忆里不断强调龚普生和张淑义的女青年会干事身份。⑤值得一提的是，海伦·斯诺与红军、学生的交往和她对反政府游行及中国革命的介入，带着明显的清教激情。她非常敏感美国和英国的

---

①　李志刚：《基督教青年会提倡"人格救国"》及其反响，见《维真学刊》1998年第1期。

②　《燕京新闻》（第1卷）第38期，1934年12月22日。

③　《为"时事研究会"说几句话》，《燕大新闻》（第2卷）第24期，1935年11月26日。

④　黄华：《亲历与见闻——黄华回忆录》，北京：世界知识出版社，2007年，第4页。

⑤　海伦·斯诺：《旅华岁月——海伦·斯诺回忆录》，北京：世界知识出版社，2007年，第174页；郭达：《我和斯诺的几次相处》，选自《纪念埃德加·斯诺》，北京：新华出版社，1984年，第147-156页。

差别①,这在1930年代的中国很容易变换成对中国半殖民状况的同情,而美英之别又和她对清教及清教徒的赞赏混合在一起。她有一种不断革命——不是严格的共产主义运动的不断革命,而是一种革新激情,可以理解为韦伯所说的不断与传统决裂的激情——的冲动。她在回忆1935年的北平时,称当时中国的消沉让她"感到窒息,好像空气本身死了一样"。因此,她热烈地认同在她看来有清教风格又勇敢反叛的学生。她对学生的游行,不只是帮忙,更要刺激,她曾提议过一个让中国学生无法接受的表演:游行时带着一个稻草人,在它身上写着"华北"两个字,然后放到棺材里去埋葬。②海伦·斯诺对中共的认可,延续着她对燕大学生的好感。她认为陕北和北平有着同样一群优秀的中国人,在她看来,红军年轻热情,有反叛以及与中国现状决裂的精神。这种决裂感是她非常欣赏的。在 Inside Red China 中,海伦·斯诺花了很多篇幅讲述、称赞可爱的红军青年,特别提到红军中的基督徒医生傅连暲,说他是一个"传福音的人"。③在她架构的两者关联中,陕北红军和北平学生,与宋庆龄、路易·艾黎、卡尔·森等"工合"伙伴是一样的,都是"真正的清教徒",是中国的活力与希望。

另外,燕京大学的社会实践和服务传统与基督教青年会的宗旨有关。据邢军的说法,基督教青年会的神学观点是"社会福音",教徒和教会将改造社会而非个人拯救视为己任,实践社会福利和救助服务。④Shirley S. Garrett 在关于1895到1926年中国基督教青年会的研究中称其为城市的社会改革者(Social Reformers in Urban China),这一期间的青年会介入现代城市卫生、体育、教育等诸多方面的改革中。⑤在这套理念里,燕大强调学生的德智体教育、自我约束和服务意识,关心和实践"到民间去"和"乡村改革"。战争爆发前,以社会学系师生为主,燕京大学在河北定县、北京清河和山东汶上都有农村改

① 她在中国时说过这样一句话:"为什么美国人要屈居第二,而不是名列首位? 我是三十年代的美国青年人,仍要为1776年的革命而战。"海伦·斯诺著,华谊译:《旅华岁月——海伦·斯诺回忆录》,北京:世界知识出版社,1985年,第81页。

② 冯挚:《斯诺小客厅与一二·九运动》,载《百年潮》2007年11月,第74-75页。

③ 宁莫·韦尔斯:《续西行漫记》,胡仲持,等译,上海:复社,1939年,第209页。

④ Xing Jun. *Baptized in the Fire of Revolution: The American Social Gospel and the YMCA in China,1919—1937*.Bethlehem: Lehigh University Press, 1996, pp.74-44.

⑤ Shirley S Garrett. *Social Reformers in Urban China：The Chinese Y.M.C.A.,1895—1926*. Cambridge：Harvard University Press,1970.

革实验区等。共产党江西苏区的社会革命也引起燕大师生关注。1935年政治学系教师吴椿专赴江西考察共产党走后的黎川。在他的观察中，基督教徒领导的以教育为核心的农村实验、国民党政府威力物力齐下的地方治理、中共对民众的政治组织训练，这三者究竟哪个更有效，仍是困惑。[①]

实验是改造社会，也是师生的自我教育。比如清河实验的目的是改变"学校与社会隔离"，"学校生活养尊处优，不能了解社会症结"的问题，"使校内研究社会科学师生们，不一定从书本里寻死学问，而更能从人群生活中求真学问"；在实验过程中"兴实习改造之机会"，"兴耐劳耐苦之锻炼"；之后"青年服务精神即成，不但主观烦闷可除，即客观社会，不亦蒙其益哉？"[②]燕大社会实验的"社会"改造和"自我"改造诉求，很可能召唤了学生对新社会和新人的双重冲动，这在某种程度上可从社会学系学生到延安去和加入中共的情况得到佐证。教会学校氛围对自我道德的要求、社会服务的意识，以及对改造自我和社会的许诺，使中共具有熟悉、正确、合乎理想的吸引力。正如前文说到的，斯诺在苏区发现了具有高尚道德和现代意识的新型中国人，斯诺对他们的好感与他对燕京大学左翼学生的认同一脉相承。学生们很容易在斯诺笔下找到更多和自己相似的人，他们不惧恶劣的环境，受苦、有道德、自律，愿意为民族革命奉献。

结语

这篇论文首先想提出的问题是，我们如何解读 *Red Star over China* 这样一个经典文本。我们都熟悉的是，*Red Star over China* 宣传了中共。我认为斯诺认可陕北，有一层底色，这个底色决定了斯诺为什么认为中共好，认为红军有希望。中共不是斯诺在华期间唯一有好感的群体，另外的群体也获得了斯诺极高的评价，比如他在燕京大学认识的爱国学生。斯诺对这两个群体的高度赞赏指向一个共同点，即他们是新的中国人。在与两者交往的过程中，他也积极促成这两者的互动、互融。

论文在此处触及了学生运动的话题。1935—1936年北平的学生运动是一段激荡人心的历史，其中有相当一批左翼学生很快加入中共，"一二·九"一

---

①　吴椿：《黎川农村建设实践》，北京：燕京大学政治学系，1935。

②　燕大社会学系：《清河社会试验》，1933年。

代的知识精英逐渐成为中共干部队伍的中坚人才。这篇论文讨论的燕京大学学生的"到陕北去",可看作这段历史的一个个案研究。与从政党运动的角度讨论学生左倾的研究不同,论文希望以学生为主体,贴切地在情感和行动两个层面,呈现他们的政治选择的历史现场。我们发现东北大学的内迁入关,可能是左右北平学院气氛的一个重要因素,东北学生对中央政府的不满、对时局的焦虑领导了激进的学潮。另外,清教也在学生接受中共的过程中扮演着微妙的角色。无需过度讨论共产主义与基督教在思想上的关联,在燕大的案例中,我们可以看到左翼学生中流行着一种清教的生活风格,这种风格预示的改造社会、改造自我的冲动,是陕北艰苦环境中的中共能够被学生欣然接受的先在的情感结构。事实上,学生到陕北去是多元因素促成的结果,也是一个开放的历史时刻,我们可以看到多种情感和冲动聚积在朝向中共的行动里。而从另一个角度看,这也意味着长征后的共产党被想象为解决1930年代中后期某些政治和社会困境的可能性。燕京大学学生到陕北去,预示着抗战全面爆发后更多青年学生奔赴延安的大潮,也恰好证明了斯诺在 *Red Star Over China* 中给出的"红色中国"兴起的图景。

（本文发表于《文艺理论与批评》2016年第4期,收录本书时有删改）

卞之琳的"延安":

"文章"与"我"与"国家"

关于卞之琳去延安及其相关写作,有学者认为表现出了转变,能见"时代对作家的影响"[①];也有意见认为卞之琳对抗战、历史或时代是一种"道旁""看风景"的态度,最终"退回"了诗歌内部,无法在写作中体现和处理文学与历史的张力。[②]与同行的何其芳比,卞之琳的"延安"确实面目模糊。一方面,他在这段时间内的作品以通讯报告、诗歌等方式谈论共产党根据地,对其中人、事不乏称赞,甚至还为八路军第七七二团写战斗史,"延安"对他不可谓不重要。但另一方面,"延安"终是过眼烟云,无法接续卞之琳1940年之后的文学活动。文学史中,卞之琳与时代政治几乎没有关联。但在诗人自己看来,延安行和由此生出的一系列作品是向政治的一次投身,表达了对抗战中国家和国人的感情。时代、政治、文学和自我是什么关系,是这篇论文讨论卞之琳战时活动的核心问题。围绕这一问题,首先要讨论的是,抗战语境中,去延安和写延安意味着什么? 其次,如何理解卞之琳1940年前后的变化? 问题可能不是文学和历史,或文学和时代是什么关系。至抗战时,现代文学这一行当已有数十年历史,有自己颇为复杂的传统。新文学本身发展出的某些特质对诗人的意义可能需要更多的关注。因此,问题可能是,在卞之琳那里,文学为什么能够,以及如何进入这些宏大概念,成为可行的、能够生成价值感的方式? 最后,战时和"文革"后,卞之琳对其写作有过多次阐释,"延安"连带着的"国家"意识也说明卞之琳看似疏离于大时代的文学活动的政治意识。

---

① 张曼仪:《卞之琳著译研究》,香港:香港大学中文系,1989年,第64-67页。

② 王璞:《论卞之琳抗战前期的旅程和文学》,见《新诗评论》2009年第2辑,北京:北京大学出版社,第127-161页。

　　论文分为四个部分。第一部分讨论卞之琳延安之行与写作的"宣传"意识；第二部分以《慰劳信集》为中心，考察"时代""文章"与"我"的关系；第三部分讨论文学传统之于卞之琳的意义；第四部分讨论诗歌与"国家"意识的问题。

"宣传"：去延安与全国舆论中的"延安"

　　全国抗战爆发使新诗去向成为争论颇多的话题。对抒发个人情思的批评在1939年被徐迟以战斗檄文的方式提了出来。他的题名为《抒情的放逐》的文章认为"抒情"已经在战争中被炸死了，"这世界这时代这中日战争中我们还有许多人是仍然在鉴赏并卖弄抒情主义"，这样的诗人是"近代诗的罪人"。① 徐迟遭到很多人的反对，艾青、胡风、胡危舟、伍禾、陈残云和穆旦都有专门批评。穆旦认为，恰恰是这样的时代，"为了使得诗和这时代成为一个感情的大谐和，我们需要'新的抒情'"。② 无论支持还是反对徐迟，这些看法都认为"旧"的、个人化的抒情已经不再合乎时宜，抗战诗歌应当顺应"时代"的要求，发生改变。"抒情放逐"与否的分歧背后实际上有一个统一意见，即诗歌要匹配"时代"。③

　　卞之琳在这套观念中不是受推崇的诗人。年轻的穆旦批评他有过多的"机智"，缺乏"血液的激荡"。穆旦说战争改变了一切，"'七七'抗战使整个中国跳出了一个沉滞的泥沼，一泓'死水'"。他不再学习和模仿卞之琳1930年代的诗歌，而要开一条"新的抒情"的诗路。④ 卞之琳1938年的延安行和与之相关的作品被看作有"转变"的意义，却始终不是新时代的新诗歌。

　　卞之琳在诗歌史上似乎更接近"纯诗"诗人的形象，但从其写作和行动来看，却并非如此。全面抗战开始后，卞之琳比很多人更有"宣传"意识。这

---

　　① 徐迟：《抒情的放逐》，见《顶点》第1卷第1期，1939年7月10日。

　　② 关于这场论争的情况，可见刘继业：《新诗的大众化和纯诗化》，北京：北京大学出版社，2008年，第74-88页。

　　③ 这一观点参见姜涛：《小大由之：卞之琳四十年代的文体选择》，见《新诗评论》2005年第1辑，第28-43页。

　　④ 穆旦：《〈慰劳信集〉——从〈鱼目集〉说起》，见《穆旦诗文集》（第2册），北京：人民文学出版社，2006年，第53-58页。穆旦清华期间的诗分享了北京诗坛的特征：寂寞、梦、冬夜、孤冷情绪等，卞之琳是他模仿对象之一。

首先是选择"延安"这个地点和话题。卞之琳去、离延安的过程已相当清晰，问题是，很多地方都在打仗，为什么卞之琳的选择是延安？国民党官媒《扫荡报》记者原景信1938年专门到延安采访求证陕甘宁边区的真实状况。他说：[①]

> 神圣的民族自抗战展开以后，陕甘宁边区（苏区）的各种情形，便由杂志报章大量地介绍如初，许多名记者及文化人，并赞美这个区域是推动全国团建抗战的策源地，是全国抗战的模范区，于是那个区域中的一□一□，不仅为全国人士所注目，甚且为全世界人士所重视。

原景信不信任中共，称边区没有自由、生活艰苦，中共内部已有分裂崩溃迹象，但这段话却侧面证明了在舆论中占主流的是延安的正面形象。1937—1940年有几十本关于延安的书出版，几乎都是赞扬态度，强调延安的重要性。[②]其中，斯诺的《西行漫记》影响广泛，奠定了陕北是一个政治进步、有作为和充满希望之所在的形象。

　　延安作为中国的一个"地方"，暴得大名能依靠的资本其实很少。全国抗战爆发前，"中共"吸引了一些目光到延安。而随着"七七"事变后日军的侵略在中国的国土上愈加肆虐，更多人正面评价延安，是愿意看好延安，造成"延安"与"国家"抗战胜利的联系。这与战时地理如何被认知与阐发有很大关系。抗战相持阶段的地图如图1、图2所示。

---

　　①　原景信：《陕北剪影》，桂林：新中国出版社，1939年1月。引文中有两个字原书看不清晰，用"□"取代。
　　②　这些书或者改编自陈云、斯诺和其他记者关于长征的文章，比如《长征两面写》《西北印象记》《长征时代/抗战时代》等；或者来自一手采访，比如《抗战中的陕北》《生活在延安》《活跃的肤施》《活跃的新西北》《陕甘宁边区的民众运动》等。作者有不少是战前已有影响力的记者、作家，像范长江、李公朴、周立波等，强化了"延安"的信服力。

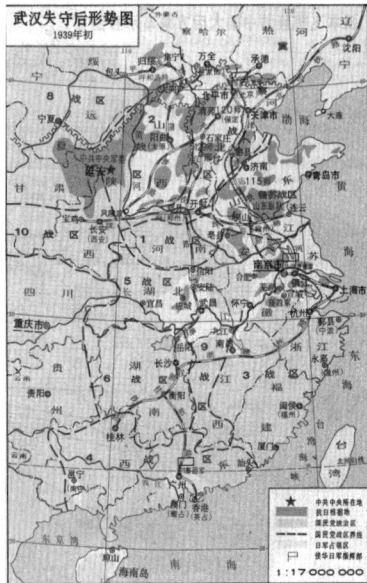

图 1　1939 年初形势图 [①]　　　　图 2　1937—1945 年沦陷图 [②]

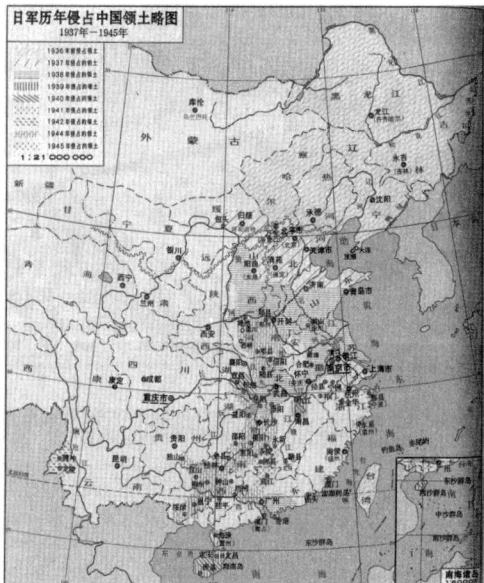

　　1938年华北、江淮、长江下游的国土相继沦陷,原本的"国家"象征,北京、上海、南京和武汉等大城市无法取得与"抗战建国"的正面关联。武汉在1938年引人注目,诗人穆木天写诗劝说青年不要只惦记着去延安,"保卫大武汉"同样需要热血青年。"保卫大武汉"代表了国家战争的信心与勇气,一时间出了非常多通讯报道、诗歌和电影。[③]武汉沦陷后,战争局势进入相持阶段。政治中心重庆是"抗战建国"的重心。抗战中,歌颂"重庆"是主流,但也有颇多批判。战争后期,通货膨胀导致的经济恶化使"重庆"形象急转直下,被认为难堪大任。[④]西北抗战,比如新疆的盛世才、甘肃的马步芳,赢得的笔墨要少得多,这与这些地方交通不便、这些人的军阀特征和战时文化中心实在离他们太远有关。全国抗战爆发后,山西作为主战场一度异常火热,阎锡山的"牺盟会""新军""模范省"吸引了很多南下的文化人,李公朴、艾青、田间、萧军、

---

①　武月星:《中国抗日战争史地图》,北京:中国地图出版社,1995年,第150页。

②　同上,第271页。

③　参见章绍嗣:《武汉抗战文艺史稿》,武汉:长江文艺出版社,1988年。

④　王学振:《再论抗战文学中的重庆城市形象塑造》,见《文学评论》2010年第2期,第181-184页。战争期间舆论的重庆想象和民众心态分析参见杨天石:《"飞机抢运洋狗"事件和打倒孔祥熙运动》,载《江淮文史》2010年第2期。

萧红等当时都去临汾的民族革命大学任教。但随着太原和临汾的相继沦陷，民族革命大学辗转各地，山西作为抗战模范的热潮渐渐冷却。[1]

陕甘宁边区虽遭轰炸但在战争中不曾沦陷，这使得"延安"能在舆论上站稳位置。大片国土失陷的同时，地图上陕北、山西、华北一带逐渐被一个新的战略地理概念主导，即"敌后"。由此，共产党在北方的几个边区，晋察冀、晋绥、晋冀鲁豫为"延安"积攒了重要性和声望。"敌后"的意义在国土丧失、正面战场僵持不下的情况下被兴奋发现，被誉为"希望"。[2]同时，"敌后""游击"显示出特别的吸引力。根据杨奎松的研究，"游击战"在战前舆论中有好有坏，但随国土大面积的迅速丢失和平型关大捷被宣扬，"游击"开始成为人们愿意信赖的选择。[3]当时甚至还有要求全面转入游击战才能胜利的说法。[4]

卞之琳感兴趣的正是"敌后"。抗战全面爆发后，卞之琳很快表现出敏锐的地理意识。他在成都写了一篇名为《地图在动》的短文，讲战争在国土上的一步步推进使"中国一般人"熟悉起了中国地理。[5]对地图敏感的诗人，选择了舆论热门的"敌后"作为投身抗战的目的地。1938年8月，卞之琳抱着"随军"的愿望到延安。11月，他加入了吴伯箫领导的"抗战文艺工作团"到晋东南太行游击区，开始了为期半年的"敌后"旅程。同去的何其芳和沙汀则到新

---

① 西线抗战在战争初期受关注，出版物很多：比如1937年范长江的《西线风云》《西北近影》《西北线》《西线血战史》、1938年季云的《西战场上》、田丁的《在火线上——西北线》、张庆泰的《在西战场上》、舒群的《西线随征记》、天虚的《行进在西线——从太原到临汾》、剑北的《西线战事》、范长江的《西线战云》、陆诒的《前线巡礼》等。有关民族革命大学的有：李公朴：《关于民族革命大学》，见《全民周刊》（第1卷）第9期；罗近光：《我所见的民族革命大学》，见《中国农村》1938年第13期；光远：《我所知道的民族革命大学》，见《民意周刊》1938年第13期。

② 李公朴：《华北敌后——晋察冀》，见《李公朴文集》，昆明：云南人民出版社，1987年，第539-710页。李公朴称晋察冀是"新中国的雏型"。这种看法亦见周立波：《晋察冀边区印象记》，汉口：读书生活出版社，1938年。

③ 抗战期间的游击战主要是共产党在打，国民党的游击1939年之后才开始，且并不成功。见杨奎松：《抗战期间国共两党的敌后游击战》，见《抗日战争研究》2006年第2期，第1-32页。关于"游击"的言论，参见李公朴：《从华北谈到全国游击战的前途》，见《全民周刊》（第1卷）第1期，1937年12月11日。

④ 宣侠父：《关于游击战争问题的两种倾向及其真实意义》，见《全民周刊》（第1卷）第9、10期，1938年1月29日、2月12日。

⑤ 卞之琳：《地图在动》，见《卞之琳文集》（中卷），合肥：安徽教育出版社，2002年，第85页。

成立的鲁迅艺术学院做教师。①

在随后的一两年间，卞之琳在文章数量、文体和发表速度上，显示了很强的"宣传"力度，先后出版了《晋东南麦色青青》（报道类散文）、《第七七二团在太行山一带》（报告）和《慰劳信集》（诗集）。此前卞之琳没写过任何报道，此时选择这一更适于在大众媒体上展现的文体，预想的接受范围已经超出了文化精英的圈子。这种文体明显也更适合一般人的阅读水平和口味，便于更广泛地传递信息。卞之琳也因此说，写《第七七二团在太行山一带》是"至少暂时自以为知道了，就想让别人也知道，至少让和我一样想知道的一些朋友也知道"②。这些文章的遣词造句与他战前诗歌散文玄妙的结构和语言大为不同。这些都意味着，卞之琳已积极为广泛意义上的"宣传"抗战做了调整，包括改变自己熟悉的文体和趣味。

《慰劳信集》的取名、写作立意也能说明这一点。卞之琳后来说《慰劳信集》"基本上在邦家大事的热潮里面对广大人民而写，一是格律体，一是真人真事"③。与卞之琳同去延安的何其芳，在一般印象中，是更追随时代的诗人。但事实上，何其芳激情澎湃的政治抒情，缺乏作为作家参加全国抗战宣传、组织调配的考虑，这些诗不大在乎面对什么样的读者、读者阅读情境的问题。④相较于高亢"歌唱"，给各种"为抗战出力的个人或集体"写"慰劳信"，更加呼应政府和文艺团体的号召。如果卞之琳的"信"真的被塞进寄往前方的抗战物资里，那么写"慰劳信"的举动就完全是国家机构勾连"后方"和"前方"的"全民抗战"组织工程的一部分。⑤卞之琳当时的热烈情绪被其友人发现。1939年卞之琳回到大后方和李广田、陈翔鹤、方舒畅谈敌后，友人称卞之琳的

① 卞之琳：《"客请"：文艺整风前延安生活琐记》，见《卞之琳文集》（中卷），合肥：安徽教育出版社，2002年，第111-116页。

② 卞之琳：《〈第七七二团在太行山一代〉出版前言》，见《卞之琳文集》（上卷），合肥：安徽教育出版社，2002年，第397-399页。

③ 卞之琳：《〈雕虫纪历〉自序》，见《卞之琳文集》（中卷），合肥：安徽教育出版社，2002年，第451-452页。

④ 参见范雪：《敞开的革命：书写"延安"与战时文化实践》，新加坡国立大学博士论文，2014年，第157-166页。

⑤ 卞之琳响应的是1938年文协在武汉发起的"三十万封慰劳信运动"，延安并未发起任何该类活动。"慰劳信"运动鼓励后方给前线写信激励抗战。信或物品夹在战略物资中运往前方，目的是统和前后方合力抗战的感情。

延安行找到了"光明的据点"和"可贵的材料",卞之琳是"武装的诗人"。①

《慰劳信集》:"我"与"文章"与"时代"

卞之琳最终未留在延。1940年被四川大学解聘后,他到了西南联大。西南联大期间,他的文学活动发生很大变化。他没有再写通讯报道,编了总结性的《十年诗草》后,诗歌活动也告一段落,他把精力放在写长篇小说《山山水水》,翻译奥登的诗、纪德的小说和衣修午德的《紫罗兰姑娘》(上),同时他写了近十篇介绍当代西方文学的文章。这期间,卞之琳用力最深的小说《山山水水》以亨利·詹姆斯现代小说为理想,充满玄想、辨析和哲学化的设计。

这是否意味着"转折"了又"转折",或是卞之琳退回了文学,无法与时代产生关联?《山山水水》时期的卞之琳颇符合战前写出《距离的组织》的卞之琳的形象,尤其是就实验文学形式的能量和张力而言。但文学实验和社会观察并不矛盾。据朱自清的解释,《距离的组织》似乎也是卞之琳对醉生梦死的社会现状的讽刺。②而无论是去延安还是返回大后方,卞之琳始终强调"我还是我"。③从延安回成都不久,卞之琳清楚地给了自己一个问题:"我"在抗战能干什么?答案简单明了:干不了什么,但可以做些文章。1939年11月他在峨眉山雷音寺给《第七七二团在太行山一带》写序,序里有一段话:

> 在抗战观点上来说,则我还是一个虽欲效力而无能效多大力的可愧的国民。所不同者,我现在知道了一点,虽然还是不大够;所不同者,我现在居然可以写这么一篇文字了。④

卞之琳很直白地说,自己是一介书生对"抗战建国"没什么贡献,对国家是"有愧"的"国民","文章"大概是最大的贡献了。这番对"我"和"文章"的估价,

①　见张曼仪:《卞之琳著译研究》,香港:香港大学中文系,1989年,第84-85页。

②　朱自清:《解诗》,见《朱自清全集》(第二卷),南京:江苏教育出版社,1988年,第324-325页。

③　卞之琳:《〈第七七二团在太行山一带〉初版前言》,见《卞之琳文集》(上卷),合肥:安徽教育出版社,2002年,第398页。

④　卞之琳:《〈第七七二团在太行山一带〉初版前言》,见《卞之琳文集》(上卷),合肥:安徽教育出版社,2002年,第398页。

符合卞之琳较为一贯的关于自我的修辞，晚年更盛，有意说低"我"和"文章"的价值，表现出把自己也当作"风景"的疏离感。[①]当然，这些说辞也颇符合其同时代人对卞之琳的观察。[②]

但实际上，卞之琳对"我"和"文章"的价值有一套强大稳固的正面看法，抗战时正值盛年的卞之琳对此很坚定。

《慰劳信集》中，"我"很少在场，取而代之的是大量的"你"和"你们"。怎么看这个人称问题？这一方面是"信"的形式带来的效果，另一方面也是卞之琳的得意之处：写贡献于抗战的各种人和事，发挥"有限中蕴含无限的意义，引发绵延不绝的感情，鼓舞人心"。[③]卞之琳写了抗战国共双方的领袖蒋介石和毛泽东，但更多的是无名氏：政治部主任、放哨的儿童、抬钢轨的群众、刺车的姑娘等。诗人在太行随军期间参观煤窑，写了一首诗赞美煤窑工人：[④]

> 不！外来的拳头已打动一切，
> 醒了的已给醒了的添一桶小米粥；
> …………
> 此刻也许重新卷来了逆流，
> 你们在周旋，以潮浪压退潮浪；
> 要不然一定在加紧挥动铁锹，
> 因为你们已经摸到了方向。

煤窑工人是已觉醒的国民，"醒了的已给醒了的添一桶小米粥"一句，很动人地用分食情谊讲国民抗日的星火燎原。诗中敌后的煤窑工人兼顾挖矿、读书

---

①　比如"可以自命曾经历经沧海，饱经风霜，却总是微不足道"，形容去延安是"转了一圈"，对出版的诗集"后来又总头痛得甚至于不愿意听说到它"。卞之琳晚年，更用"文章误我，我误文章"称是"踏上了文章小道，蹉跎此生"，人生如戏，"谁都由不得自己演一下愿意不愿意担当的角色"等。参见卞之琳：《毕竟是文章误我，我误文章》《〈雕虫纪历〉自序》，见《卞之琳文集》(中卷)，第117-120、444页。

②　比如说他柔软、恍惚、迷离、逍遥、孩子气、矜持、不堪战争惊涛骇浪的一击。见张曼仪：《卞之琳著译研究》，香港：香港大学中文系，1989年，第65页。

③　卞之琳：《〈十年诗草〉重印弁言》，见《卞之琳文集》(上卷)，合肥：安徽教育出版社，2002年，第5页。

④　卞之琳：《慰劳信集·给一处煤窑的工人》，见《卞之琳文集》(上卷)，合肥：安徽教育出版社，2002年，第96-97页。

和武装抗敌,抗战建国、民众启蒙的概念由工人的形象得到了简单有力的落实。诗的最后一节"逆流"意指日军在华北通过扫荡重新占据土地和村庄,而敌后民众已能游刃有余地"周旋",因为"你们"就是国家、战局的大"方向"。

这类作品和当时诗坛较多的歌咏人民抗日的作品有区别。卞之琳并不是通过自我移情,献出为国家、人民呐喊的感情汹涌的作品。卞之琳其实注意到了延安澎湃的抒情洪流。在《给〈持久战〉的著者》中,他对毛泽东的能量看得很清楚,他说毛泽东"三阶段:后退,相持,反攻——/你是顺从了,主宰了辩证法"。这个"主宰了辩证法"的领袖能"指挥感情"、创造"必然"。①我认为卞之琳与这种创造集体情感,主宰辩证法、主宰必然的人格有距离,但诗人也不表达"我"的观点,而是不露声色地写领袖气象,并精细地透露出他们的人格特征。造成这一态度的最主要的原因是,毛泽东是领袖,卞之琳明确把握着他的身份,去理解指挥抗战的政治领袖的视野和行为。

这是《慰劳信集》的整体态度。卞之琳很少发时代宏音,很少全面概括式地说"时代"如何、"抗战"如何。与之相应,他少用"我们""群众"和"人民"这样的词汇。我认为《慰劳信集》是最能体现卞之琳群众观的材料,卞之琳的方式是将之拆分成具体的,有特定身份、位置、性别的群体,更多的是个人,加以观察、理解和分析,体现每个人或具体的群体之于"抗战建国"的独特意义。"我们"这个词作为一种表述,通常其意义和效果是圈定一个涵括自我和他人的小集体,有共同的经验利益和目标。卞之琳则倾向认为尽管很多人都对"抗战建国"发挥作用,都是"国民",包括写"文章"的"我",但这不意味着所有人可以并且应该混成一个集体。这也就是《慰劳信集》最后一篇《给一切劳苦者》中所说的:②

　　　　无限的面孔,无限的花样!
　　　　破路与修路,拆桥与造桥……
　　　　不同的方向里同一个方向!

① 卞之琳:《慰劳信集·给〈论持久战〉的著者》,《卞之琳文集》(上卷),合肥:安徽教育出版社,2002年,第101页。

② 卞之琳:《慰劳信集·给〈论持久战〉的著者》,《卞之琳文集》(上卷),合肥:安徽教育出版社,2002年,第109-110页。

《给一切劳苦者》作为点题、总结的收官之作,也点明了"我"和"劳苦者"的关系:

> 一切劳苦者。为你们的辛苦
> 我捧出意义连带着感情。

《慰劳信集》就是一个从"意义"到"感情"的过程,发现了"劳苦者"之于国家抗战的意义,就自然生出"我"的感情。穆旦说卞之琳过于"机智","要用一点思索后才能被感动",其实颇为准确。发现"意义"基于观察、理解和分析,而非"感情的洪流"和对自我情绪的鼓动。

在《晋东南麦色青青》中,卞之琳同样是一个细致的观察者。与周立波、李公朴、沙汀等敌后旅行的通讯报道不同,他表现出了强烈的"趣味"感,比如谈长治的传说、观察小城的街道和市场、北方风景、游览煤窑等,构造出轻松愉快的气氛。《晋东南麦色青青》实际上是另一种形式的《慰劳信集》,卞之琳称"我很想留一些什么东西在那里面,也想不出该留些什么。还合适吧,一封慰劳信,如果我身边有一封慰劳信?"[①]

在这里,"慰劳"的态度是,"我"和"你们"在"抗战建国"的"同一方向"上,但也保持了各自"不同的方向"。"我"所做的是作为诗人/作家能做的:写文章。因此,卞之琳对共产党治下的敌后有颇高评价,称是"进步"的、"向上"的,却不意味着要融入其中。卞之琳写政治领袖蒋介石、毛泽东看似颇有政治表白的意思,但以《慰劳信集》的整体形式来解释,蒋介石、毛泽东、"集团军总司令"等军政领袖有其"坚持"、"指挥"抗战的意义,工人、战士也同样各司其职,而"我"和"文章",无论身在何处也都可以对邦国大业发挥意义。

"文章"大道与文学传统

卞之琳去昆明后的文学活动的变化,与之前其实是贯通的。抗战前期他去延安写与抗战直接相关的诗文,是"我"以写"文章"贡献于国家大事;抗战

---

① 卞之琳:《垣曲风光》,见《晋东南麦色青青》,《卞之琳文集》(上卷),合肥:安徽教育出版社,2002年,第509页。

后期钻研现代小说,写《山山水水》,据卞之琳说,也是以"文章"担大业。①在他看来,文学和当时中国大局的关联,不只是在1940年之前内容和形式上直接面向宣传的那类写作,《山山水水》是更高级的对"时代"的把握。为什么有这样的态度?这和卞之琳对文学的看法有关。概括而言,他认为文学值得投入,高级作品彰显短暂人生的辉煌,超越历史功利主义,能获得真正的"历史意识"。②这套观念的形成与实践,我认为,与什么样的文学传统和传统以怎样的方式介入了诗人的态度有很大关系。

卞之琳是学院中的文学精英,看重文学价值,有高远的文学理想。他在1920年代进入北大英文系读书,兼修法语,研读英法诗歌和小说,毕业之后写诗、翻译,作品不断,受到当时文坛要人徐志摩的赏识,随后也在文坛成名。卢沟桥事变后,他的职业颇为稳定,被四川大学辞退后,他去了西南联大,写作、研究和翻译构成了他在西南联大期间工作的基本内容。他喜欢昆曲和中国画,热烈追求的对象是出身书香名门的张充和。

1940年代,卞之琳的文学精英意识进一步强化。上文谈到1940年前他的写作直接宣传抗战,但从另外的角度,这些活动也是活跃的文学生产,作者积极发表并出版,受到文坛瞩目,而据相关的研究以宣传贡献国家抗战的同时卞之琳也在继续实验新诗格律,也就是说文学问题并没有因为宣传而被放掉,甚至反而进入了更密集、更丰富的实验中。③后来卞之琳转向长篇小说的创

---

① 卞之琳说写《山山水水》的初衷是:"在昆明听说了'皖南事变',我连思想上也感受到一大打击。我就从1941年暑假开始,当真一心埋头写起一部终归失败的长篇小说来了……用形象表现,在文化上,精神上,竖贯古今,横贯东西,沟通了解,挽救'世道人心',妄以为我只有这样才会对人民和国家有点用处。"见卞之琳《〈雕虫纪历〉自序》,载《卞之琳文集》(中卷),合肥:安徽教育出版社,2002年,第452页。

② 贯穿1930、1940年代,卞之琳类似说法很多,比如"格雷写那两行,好像一上一下,拨两粒清脆利落的算盘珠。一个人有了这样一笔账可结,也就不虚此生了,也就是结了实了"。关于纪德的文章里他更详细阐述了文学的价值:"为眼前的实用起见,作家尽可以写标语、传单,可是,千万别以为这样就是在创造艺术,要不然,明天忽然比喻现实的需要而必须抹去今天的标语、传单,必须泄气完全相反的标语、传单来,欣赏就难免尴尬了。唯有表现时代的艺术品才有永久性,不错,可是就在它表现到时代的深处,不在表现了瞬息万变、朝三暮四的浮面,而在表现现象,以意识到本质的精神。"卞之琳:《成长》,见《卞之琳文集》(中卷),合肥:安徽教育出版社,2002年,第18-23页;《安德雷·纪德的〈新的食粮〉》,见《卞之琳文集》(下卷),合肥:安徽教育出版社,2002年,第502页。

③ 见张曼仪:《卞之琳著译研究》,香港:香港大学中文系,1989年,第69-79页。

作,文体的转变是要试图突破诗歌的困境,要在史诗品格的小说中大展文学抱负。[1]在《山山水水》中,卞之琳要写的是从卢沟桥事变到皖南事变,知识分子的"复杂反应与深浅卷入以及思想感情的回环往复",围绕成都、武汉、延安、昆明四个城市展开。小说本欲写成包括多个地理空间、情感、道德和美学的综合史诗;但操作上,整理"时代"的野心被作者对"高级"文学的兴致打败,《山山水水》成了关于西方小说理论、技巧和人生观的实验。

延安是《山山水水》四个地理空间之一,在现在能看到的残卷里,"延安"的篇幅较多,题目分别是"桃林:几何画""山野行记"和"海与泡沫"。卞之琳写的"延安"可能是离经典的延安距离最远的形象。"桃林"写青年在延安桃林谈文学、美学和人生。话题自由起兴,意识随波逐流,谈论空白美学、螺旋上升的人生辩证法。桃园因为这场精神活动,有了特别的价值。"山野行记"是日记片段,写的是主人公随军过程中经历的敌后老百姓的抗日生活。"海与泡沫"写开荒。小说中作为卞之琳本人投影的主人公梅纶年,在延安参加集体劳动,象征主义式地观察开荒景致:[2]

　　　　草和荆棘的根交织得全然是一张网,罩住了黄土,像是一种秘密的勾结,被翻过来的黄土揭发了。而每一块黄土的翻身,就像鱼的突网而去似的欢欣……这一片松土正是波浪起伏的海啊!而海又向陆地卷去,一块块地吞噬海岸。

开荒中老任从总务那儿取回一本书,在卞之琳看来这是开荒的人和他们的动作富有哲学意味的瞬间:[3]

　　　　那本《家族、国家和私有财产的起源》原是像一只羊在那一片草原的中心,现在竟然在那一片海的边缘上,而且到了像从海里涉水而来的渔人手里。它向老任的方向迎飞过来,像一只白鹭。

---

① 姜涛:《小大由之:卞之琳四十年代的文体选择》,见《新诗评论》2005年第1辑,第28-43页。

② 卞之琳:《山山水水》(小说片段),见《卞之琳文集》(上卷),合肥:安徽教育出版社,2002年,第338页。

③ 卞之琳:《山山水水》(小说片段),见《卞之琳文集》(上卷),合肥:安徽教育出版社,2002年,第342页。

这是被高度美学化的"延安",空间的政治意义完全消失。开荒在延安原是有多重政治意义的活动：集体劳动、知识青年改造、自力更生、改善经济等。但卞之琳更感兴趣开荒的图画感,共产主义的经典著作是为图画带来动态效果、创造一丝哲学意味的元素。

《山山水水》作为卞之琳小说实验的产品,文本内外有几个特点。一、对这部小说影响最大的是卞之琳的文学偶像。时空腾挪、叙述视角的不断更换、在场与不在场、相遇与分别,小说形式的种种特点,卞之琳模仿的是纪德和亨利·詹姆斯。[①]二、历史不具有决定性的意义,"延安"只是命运推进的载体,政治和文化含义都被腾空了。对梅纶年来说,经历就是有意识地"向人生里投身",最终回归到"自我"。三、卞之琳希望《山山水水》能直接进入英美文学视野,获得关注。[②]

卞之琳设计了一个文学圈子,或说在自己确立的传统中写作。他与亨利·詹姆斯、纪德以及当时前沿的小说理论对话,试图成为"真正活过了""创造过了的放光的生命"的作家。从诗转向小说,《山山水水》玄奥的面目,基于这些"高级"文学的榜样和启示,而这篇小说的受众也不是一般人,衣修午德代表了卞之琳心目中的理想读者,有能力欣赏小说的格局和精微。

对1940年代的卞之琳来说,文学传统的意义远超理论、风格、审美感受之类。传统是卞之琳写作的对话者和想象力发生的圈子。在这个自我构置的语境中,卞之琳的文学抱负愈发壮大,且对文章的价值非常自信。这些传统对诗人也有人生教育的作用,文学教养影响了卞之琳的现实态度、选择和行动,包括他的延安行。战前卞之琳文章中提到过"大我",却不是"群众""集体"或是"人民",而是能超越身体所处之时空的精神的"我"。1940年代,通过纪德和亨利·詹姆斯,卞之琳完整阐述了表达其人生观"螺旋上升"的观念。对于螺旋曲线上的人生来说,每个点前后相连,总有因缘,没什么"转向"可言。卞之琳的历史观也与人生的"螺旋上升"相仿,关心不在于事件而是历史之

① 卞之琳:《〈山山水水〉卷头赘语》,见《卞之琳文集》(上卷),合肥:安徽教育出版社,2002年,第263-272页。

② 小说基本写完时,卞之琳正在英国,他把书稿给衣修午德看,获得好评。1982年《山山水水》出版时,卞之琳在"卷首赘语"特别附上衣修午德的信。

"势"。①同时,正如纪德进出政治和文学的成就的标彰意义,卞之琳对纪德"螺旋"人生的接受,连带着对文学、政治的高下之分。②搞文学的人面对外部世界,特别是政治时,要进得去出得来。"文学化"的政治是最糟糕的。更重要的,文学的意义,当然是"高级"的文学,大于政治和行动。卞之琳认为无论是纪德,还是自己,在忽略了朝夕变幻的"历史任务"时,方能真正把握永恒的"历史意识"。③

诗与国

论文第一部分讨论到,战争中"延安"异军突起的合法性立足于"抗战建国",各种各样面向延安的写作,背后都有比较清晰的"国家"抗战胜利的指向。"延安"与"国家"建立关联的时刻,也正是"国家"在战争中进入新诗视域的时刻,据朱自清的说法,这是一个历史事件:④

> 辛亥革命传播了近代的国家意念,"五四"运动加强了这意念。可是我们跑得太快了,超越了国家,跨上世界主义的路。诗人是领着大家走的,当然更是如此。这是发现个人发现自我的时代。自我力求扩大,一面向着大自然,一面向着全人类;国家是太狭隘了,对于一个是他自己的人。于是乎新诗诉诸人道主义,诉诸泛神论,诉诸爱与死,诉诸颓废的和敏锐的感觉——只除了国家。

---

① 卞之琳:《〈第七七二团在太行山一带〉初版前言》,见《卞之琳文集》(上卷),合肥:安徽教育出版社,2002年,第525页。

② 卞之琳在阐释纪德《新的食粮》时表达了对政治和文学的看法:"参加行动对艺术创作是有益的,可是在行动里就必须顾到行动的实际,参加行动就得沉下心来专心地追随或领导政治、政策、战术、战略。还是根据了一颗天真的童心或者相反的一种超然的艺术态度,在现实里若不是全然无用就是出乱子"。卞之琳:《安德雷·纪德〈新的食粮〉》,载《卞之琳文集》(下卷),合肥:安徽教育出版社,2002年,第501-502页。

③ 卞之琳说当他在英国听到淮海战役的消息时,发现自己还在"弄我无聊的笔杆","断然搁笔"。卞之琳似乎在这个时刻失去了对文学的惯有信心,而衣修午德对中国的关心显然也是政治上的:"中国肯定在变红了"。这令卞之琳念念不忘。卞之琳:《〈山山水水〉卷头赘语》,载《卞之琳文集》(上卷),合肥:安徽教育出版社,2002年,第270页。

④ 朱自清:《爱国诗》,见《朱自清文集》(第二卷),南京:江苏教育出版社,1988年,第355-360页。

朱自清1940年代写了多篇讨论抗战诗歌的文章,《爱国诗》《诗的趋势》和《诗与建国》几篇文章中,他提出了诗的"国家"问题。从朱自清的视角看,国家意识是"自我"的新形式。这意味着儒家价值体系解体后,需要找到一种新的"自我"和"国家"的有效联系。据余英时的说法,古代政治思想传统中形而上的追求与重建社会秩序的一体两面,"内圣外王"贯穿宋明理学。[①]罗志田进一步讨论1905年科举废除扭转读书人的命运,"天下"意识解体产生新的"国家"与"世界"观念。[②]"五四"个人主义思潮的涌入促成种种"人的发现","个人"受到了极大的关注。在有时代先锋意味的诗里,个人自然的"身体"和抽象的"人"被极力伸张,"一面向着大自然,一面向着全人类",而"自我"和新的政治形式"国家"却未建立起有效的关联。

抗战全面爆发后,诗坛格局为之一变,"诗"与"国"成为重要命题。提倡与"国家"匹配的史诗作品是诗坛的一支主流声音;同时还出现了"诗与建国""诗与民主"等话题。卞之琳写"延安"正是在这种整体态度中,表达"一己之力"对国家抗战的积极参与。

但是,值得留意的是,延安在二十世纪的历史叙述中处于一个有趣的位置。它被认为是1949年后新中国的起源,但其存在的环境,则是中华民国。中共是民国政治的一部分,陕甘宁、晋察冀等边区皆是国家行政之一部分。当"延安"与"国家"关联时,诗人如何处理当中的区别和微妙复杂的政治意涵?卞之琳在"延安"写作中,表达了怎样的国家意识? 在这里我们可以纳入另两位重要的诗人,何其芳和艾青,通过比较展开对这个问题的讨论。

在这两位诗人的写作中,"国家"之于何其芳,修辞层面上的意义显得比较重要。在何其芳的诗里,自我与国家的关系随诗人的情绪变化: 有时候是"螺丝钉",兢兢业业于"工作";有时候是与国家齐平高昂的抒情主体,"叫喊"一腔爱国热情。他与朱自清讲的全面抗战爆发前自我为大的诗人颇为相似,

---

① 余英时:《明代理学与政治文化发微》《"抽离""转折"与"内圣外王"》《我摧毁了朱熹的价值世界么》,见《宋明理学与政治文化》,长春:吉林出版集团股份有限公司,2008年,第158-214、215-223、224-251页。

② 罗志田:《天下与世界:清末士人关于人类社会认知的转变》,见《近代读书人的思想世界和治学取向》,北京:北京大学出版社,2009年,第30-54页。

《夜歌》对国家、政治和社会本身的状况没有兴趣。①艾青的"国家"意识与他对诗人是先知的想象有关,诗人的身心总与国家政治成为一体。艾青有写诗的政治癖,他善写政治口号式的诗歌格言:"诗的前途和民主政治的前途结合在一起","如正义的指挥刀之能组织人民的步伐,诗人的笔必须为人民精神的坚固与一致而努力","最高的理论和宣言,常常是诗篇"。②这些表达起兴的起点都在国家政治的大命题上,追求诗歌的社会重要性。艾青有一些对自己是先知的迷恋,数次表示自己预言了重要的政治变化:""七七"事变"、汪精卫叛变、中国诗歌的战时趋势等。③

　　与他们相比,卞之琳的"国家"则是有传统、有源流、完整独一的概念,不随具体的政治事件颠倒变化。卞之琳自认是搞文学的人,不肯轻易对政治阵营发表意见。《慰劳信集》虽写延安人物,但诗人既没有融入革命,也没有对新社会热情歌颂,卞之琳对中共政权的言说,点到其为抗战建立新中国带来希望为止。这不是说卞之琳排斥共产党,而是他总体上抵制轻易对政治做好坏判断。"书生"有其所长,不一定也不需要随舆论之流投身政治。

　　卞之琳的写作体现的国家意识有多个层次。据易劳逸(Lloyd E.Eastman)和戴安娜(Diana Lary)的研究,抗战中,国共两党相争越来越明显,但也有中央集权的趋向,国民党在统一联合抗战的同时整饬地方。④卞之琳的《山山水水》把抗战人物的命运放在武汉、成都、延安和昆明,是以四个地区烘托全国抗战,所蕴含的意思也有国家是政治和区域的统一体,不由政党政治或军事势力分割。

　　"国家"除政治意涵外,也是文化问题。卞之琳的阅读和生活圈子,及其对纪德、亨利·詹姆斯和奥登的倾慕很容易联想到学界关于文学"世界主义"

---

　　① 参见范雪:《敞开的革命:书写"延安"与战时文化实践》,新加坡国立大学博士论文,2014年,第157-166页。

　　② 艾青:《诗论》,见《艾青全集》(第五卷),石家庄:花山文艺出版社,1991年,第6-10页。

　　③ 艾青:《诗论》《为了胜利》《先知——普希金逝世一百零五年纪念》,见《艾青全集》(第3卷),石家庄:花山文艺出版社,1991年,第39-41、119-129、195-197页。

　　④ Lloyd E.Eastman. *Seed of Destruction*: *Nationalist China in War and Revolution*, *1937—1949*. Stanford: Stanford University Press, 1984, pp.10-70. 戴安娜·拉瑞:《抗日战争的地域性影响:广西》,见杨天石、庄建平编《战时中国各地区》,北京:社会科学文献出版社,2009年,第130-146页。

的说法。[1]但卞之琳并没有轻易放弃对"中国"的在乎。《山山水水》据其称是不满赛珍珠等西人写中国故事，"出尽中国人的洋相"，而梁实秋美化中国也落入窠臼。因此自己动手写真正的现代中国小说，写中国当下的人心与命运。小说将昆曲、山水画等元素纳入，增添中国文化的自尊元素。[2]卞之琳在英国修订小说并与衣修午德发生交流的过程，尽管以英语为媒介，却在不断加强、修正"中国"意识。这种"国家"态度延续到后来。"文革"结束后，在新的意识形态中，卞之琳不肯轻易"拨乱反正"。他在1982年重谈《第七七二团在太行山一带》时用"趣味主义"一词自贬地表达了这种态度。这时期，刚经历"文革"的大陆逐渐开始对过去的革命历程产生多种不同的说法，国际社会对中国也有质疑。卞之琳此时出一本讲八路军的书，背后的态度是认为长时段的历史有前后相承的逻辑，不应该对历史、国家做颠覆性的简单化判断。从1940年代维护统一之中国而不倒向延安，到1980年代维护共产党的中国，卞之琳的"国家"意识一以贯之，不是世界主义的，而是一种能够体会政权，也超越政权的"国家"态度。

（本文发表于《新诗评论》第19辑，2015年8月，收录本书时有删改）

---

① 关于文学"世界主义"的说法参见Lee, Leo Ou-fan. *Shanghai Modern. The Flowering of a New Urban Culture in China, 1930-1945*. Cambridge：Harvard University Press, 1999, pp.307-323.

② 卞之琳：《〈山山水水〉卷头赘语》，见《卞之琳文集》（上卷），合肥：安徽教育出版社，2002年，第263-272页。

诗写延安：

抗战中的三条诗歌旅行路线与新诗传统[①]

延安与新文学传统

"五四"开启的新文学在延安发生了转折,是学界的共识。我们对这个问题最直接的看法是,文学与政治的关联在延安被大大加强,"五四"以来的浪漫主义、现代主义、世界主义或批判杂文等文学流派、风格和传统,在延安都遭到了打压。延安约束了文学多元化的面貌。随着中共从延安走向北京,延安文艺开启1949年之后毛泽东时代中国文学的单一状态。上述说法可以被看作是关于历史连续性的判断,延安则被视为新的起源。这个起源性的位置,也与革命史的线索吻合。不过,关于起源或转折,也有不同说法。"一体化"的说法认为延安是左翼文化成为主流强势文化的一个环节,新中国成立后国家力量推行的体制化可能比延安更关键。[②]但问题是,"五四"到左翼到延安再到新中国的文学发展线索和"一体化",都是一种概括性的梳理,具体到每一个阶段,我们都能看到文学有不能与前后时段通约的独特性。另一类对延安文艺的讨论,不拘于从史实角度展开讨论,而是通过文本阐释直接造成作品与宏大主题的对接,文学似乎也由此从与政治二元对立的关系中释放出来,介入现代中国诸多大命题。我对这种方法的疑虑是,研究如何避免从观念到观念

---

① 本文标题及并列比较的讨论方式受到王璞论文的启发。参见王璞:《"地图在动":抗战期间现代主义诗歌的三条"旅行路线"》,载《现代中文学刊》2011年第4期。

② 洪子诚:《问题与方法:中国当代文学史研究讲稿》,北京:北京大学出版社,2010年,第137-232页。

的虚空阐释,以及文学研究在倾心宏观大命题时,如何具体地面对文学活动本身在历史中的位置和意义。因此,关于延安与新文学的关系的讨论需要引入一些新的角度,这在本论文中就是:新文学的传统如何介入时代政治对文学产生了影响的那些场合。

延安文艺的迷思之一是政党政治。由党员和军人组成的政党在这一阶段已经成熟,经过中央苏区和长征,革命的核心和边界更加清晰,也更加封闭。中共特别是领袖毛泽东对文艺的影响力、控制力,使其在文学文化研究中,无法不占显著地位。文学、文化和知识分子似乎只能作为革命边缘现身,因为政党才是革命的本质团体。不过,关于20世纪的政党政治,巴丢(Alain Badiou)在一次访谈中的说法令人豁然开朗。他认为没有权力、金钱、媒体的人民,"唯有他们的纪律,这是人民得以强大的可能。马克思列宁主义界定了人民纪律的最初形式,那就是工会和政党"①。借助巴丢的这个说法,我们可以清晰这样一个判断:政党不是历史本质性的存在,而是选择的结果;再放大一步,政党不限于共产党或国民党,任何个体或团体都有可能为主体性的实现而挑选这种组织方式。这意味着,作家和知识分子奔赴延安、入党,或在中共组织内部任职、根据党的政策写作,不是一定必然被解读为文学服从或申发政治命题。无论选择组织内还是组织外的身份,主体性都应该被充分讨论。而在讨论现代中国,特别是战争给中国带来的新现象、新问题时,文学与政治的一系列单位——政党、政策或政治意味强烈的意识形态话题——拥有平等的起点。这里的平等,不是强调文学想象有广阔空间,文学流露出有别于政治正确的意识,或文学的细节挑战了主流话语。我所说的平等,是指在由文学活动关联起的文化实践与时代的关系中,文学介入了关键的场合,发明、调整或扩展了革命及其逻辑。

这篇论文考察抗战期间三位诗人——何其芳、卞之琳和艾青——的旅行轨迹与诗歌写作,重点讨论他们的延安行和延安题材的诗歌。我们要回答的问题是文学及其不同的传统,如何构造感觉,如何作用于写作与政治的关系?抗战期间,以延安为共同落脚点,何其芳、卞之琳和艾青展现了不同的诗歌轨迹,他们与政治的亲疏远近也一目了然。何其芳和卞之琳1938年同访延安,前者很快从1930年代现代派诗人转变为中共干部,写了讴歌政权的《夜歌》;

① 巴丢:《饱和的工人阶级一般认同》,傅正译,http://wen.org.cn/modules/article/view.article.php/607,2013年12月24日访问。

后者在参观边区一年半后离开延安到了西南联大专心研究西方现代小说。艾青的诗代表了战时推崇的诗歌风尚,他在延安整风后积极投身"工农兵文艺",写出歌颂边区农民的代表作《吴满有》。

怎么理解这三位诗人对延安的不同态度,以及他们的文学的变或不变?学界对延安文艺和战时文化的研究,提示了两个方向上的讨论空间。第一,我在文学跨区域流动和交往的意义上提出文学旅行的说法。抗战文学在以地域、流派和风格为主要方式的研究中,有清晰固定的面貌,但这些讨论范畴可能并不是历史现场的真实境况。抗战中,延安是中华民国的一个行政区域,也是全国文学文化网络的一部分,中共并不是以1949年后的国家权威参与文化。这一时期,不同地区的文化多有交流,文学的"内地的发现"促成新文学辐射的地理区域远超过去二十年。延安尽管地处内陆,交通糟糕,有自己的文坛小环境,但大多数成名作家的发表和出版仍活跃在全国文坛,两个文学环境并不是排斥和割裂的,延安的文学活动仍需面对全国乃至国际的文学风尚,这在本篇论文要讨论的三位诗人的经历与写作中,尤为重要。

第二,已有学者讨论过新文学是一套包含文学风格、文人个性、行为和文坛风尚的整体性状态,文学也是串起政治、社会、日常生活和主体身份的线索。[1]这篇论文借用这种看待文学的视角,试图改变这样的谈论方式:政治是否影响了文学,抒情主体被压抑了么,或谁更文学,谁更贴近时代。到抗战时,新诗这一行当已有数十年历史,有自己颇为复杂的传统,它所涉及的问题不止个人性、文学性、风格、流派等。文学传统对诗人如何理解政治、如何投身时代,有结构性的决定意义,或者说文学催生了作为现象的文学与政治的关系。需要说明的是,我们通过何其芳、卞之琳和艾青,谈论三种新诗/新文学传统与延安的遭遇,并不意味着只有这三类传统。这篇论文不是要定义新文学传统或给它分类,而是提出文学传统构造了诗人对延安的接受,以及他们的文学介入时代的方式。

论文接下来的论述将分为四个部分。前三个部分分别讨论三位诗人的延安行和相关写作,考察新文学传统对其感受和行动的塑造。我们将依次讨论:浪漫传统与何其芳在延安转折、"与一般人生出交涉"的新文学理想与艾青在

---

① 　参见 Lee, Leo Ou-fan. *The Romantic Generation of Modern Chinese Writers*. Cambridge:Harvard University Press, 1973. 姜涛:《解剖室中的人格想象:对早期郭沫若诗人形象的扩展性考察(初稿)》,《新诗与浪漫主义学术研讨会论文集》(未刊),2011年10月。

延安的写作、专业化的现代文学与卞之琳的战时文学活动。最后一个部分是
对论文观点的总结。

浪漫与何其芳的转折

　　1930、1940年代的何其芳在他的自述和旁人的观察中有两种形象：寂寞
的诗人和革命集体中的工作者，两种形象大致以他1938年奔赴延安为分界。
他的诗歌也呈现相似的阶段性区别，分别以1930年代的诗集《预言》和散文
集《画梦录》，延安时期的《夜歌》为代表，风格有很大反差。我们可以举几个
诗句为例：

> 　　从此始感到成人的寂寞，/更喜欢梦中道路的迷离。(《预言》中的《柏
> 林》1933)
>
> 　　我能忘掉忧郁如忘掉欢乐一样容易吗？(《画梦录》中的《黄昏》)
>
> 　　这是颓废么？我能很美丽的想着"死"，反不能美丽的想着"生"吗？
> (《画梦录》中的《独语》)
>
> 　　在工作的困难中/也带着歌唱的心境和祝福。(《夜歌》中的《夜歌一》
> 1940)
>
> 　　我还要证明/我是一个忙碌的/一天开几个会的/热心的事务工作
> 者/也同时是一个诗人。(《夜歌》中的《叫喊》1940)
>
> 　　我要起来，点起我的灯，/坐在我的桌子前，/看同志的卷子，/回同志
> 们的信，/读书，/或者计划明天的工作/总之/做我应该做的事。(《夜歌》
> 中的《夜歌四》1940)

1930年代的何其芳称寂寞是内心对环境的真实感觉。他说北大哲学系的同
学古怪，他们有着各种不同的使我感到寂寞的地方；哲学系的知识，笛卡尔、
康德、黑格尔的学说是自说自话。客观环境的隔膜使写诗是寂寞中的工作。
离开北大后，何其芳疏离于环境，继续寂寞地献身于文学。而到了延安，1930
年代那个不肯被庸俗人世束缚、抱着强烈自我意识旁观人间的抒情诗人消失
于人民海洋，生长出同志爱，成了一个革命的螺丝钉。何其芳惊喜地发现延安

使自己回到"那日常的生活,/那发着喧嚣的声音的忙碌的生活"。①

按照何其芳自己的说法,他的寂寞和工作都忠实于环境与生活,是一种极度诚实的感受。如果我们接受这种说法,那能够进一步展开分析的空间主要是外部世界如何改变了诗人的内在和他的文学,但事实上,外部环境和文学并不是这么简单的关系。何其芳的诗人形象和写作风格,有很强的社会学意义上的功能。

据李欧梵的经典研究,在新文学的开端,苏曼殊和郁达夫成功开创了浪漫的寂寞文人传统,文人敏感多愁、伤感疏离的形象在文坛上颇有市场。②这意味着寂寞的形象工程是搞文学的一个具体可行的方式。而寂寞也确实是何其芳收获文学教育的1930年代北京诗歌圈的高频词。这个圈子大多是北京高校的文化精英,他们的诗歌常以外乡人、畸零人、独醒者自我指涉。③作为诗坛小弟,何其芳的寂寞受圈子趣味影响,同时也获得赏识和提携。在何其芳的成名作《燕泥集》中,我们能看到不少从师长或同辈诗友处拿来的意象。而在互相学习的写作气氛中,何其芳也并非其所说的那么寂寞。他和清华外文系教授梁宗岱、时任《大公报》副刊主编的沈从文都有交往。沈从文对何其芳珍爱有加,不仅写诗以示交情,还帮何其芳出文集、打开发表空间,何其芳亦参加了林徽因的沙龙。《汉园集》通过郑振铎主持,以著名文学团体文学研究会的名义出版后,何其芳名噪一时。

与寂寞的诗人形象相似,何其芳到延安后的转变,也有环境对文学的功能性要求为背景。在延安,北京那个社会身份相似、文学同好的精英圈子消散了,文学的功能不同于之前以诗文交友在文坛获得位置。1939—1944年,何其芳在鲁艺工作。延安的学校与"五四"后新式高等院校不同,延安学校的传统是长征中成立的红军大学,特征是以政治、军事训练为核心。鲁艺虽是文艺类学校,但宗旨仍是要培养"干部决定一切"的艺术工作干部。④何其芳在鲁艺是

---

①　何其芳:《多少次啊当我离开了我日常的生活》,载《何其芳全集》(第一卷),(石家庄:河北人民出版社,2000年,第425-427页。

②　Lee, Leo Ou-fan. *The Romantic Generation of Modern Chinese Writers*. Cambridge: Harvard University Press, 1973, pp.41-109.

③　张洁宇:《荒原上的丁香:20世纪30年代北平"前线诗人"诗歌研究》,北京:中国人民大学出版社,2003年,第226-276页。

④　《鲁艺的创立缘起》,转引自贺志强等主编:《鲁艺史话》,西安:陕西人民出版社,1991年,第3-4页。

领导,诗人更像是一种补充性的才华和爱好。整风中鲁艺300多师生中有267人被打成特务,亦不乏自杀者。①何其芳几乎没有受到牵连,1944年他代表中央去重庆指导整风。

是什么促成了这种与时俱进？何其芳自己的解释提示了变化的关键。1939年艾青在《文艺阵地》上发文批评《画梦录》沉溺于自我的狭小空间,有太多自怨自艾,文末艾青追加了一则好消息,称何其芳开始变化,正视现实,发出清醒的呼声。②何其芳大怒,他认为寂寞、孤独是真诚的经历和感受,艾青不了解自己的生存经历,武断地高谈阔论地叙述我的道路,挑起的批评更造成了人格伤害。③

真诚是何其芳自我辩护的基础,艾青因此被认为无权质疑其写作。这种态度有明显的浪漫特征。新文学的浪漫问题颇为复杂,非文学风格能够概括。现代文学研究领域开创性提出浪漫、抒情话题的是捷克学者普实克。普实克强调现代文学从传统中的解脱,得益于作家主观主义与个人主义的传统。④李欧梵讨论新文学浪漫文人传统,是包含文学、文人个性行为,以及文坛风尚的整体状态。⑤姜涛将浪漫视为诗人主体身份与社会生活和激进政治关联的线索。⑥这些说法提出了一种重要视野:浪漫作为动能,在中国现代文学发生机制中的作用。

虽然何其芳在到了延安后,说自己拒绝浪漫主义,以工作表达自我的收

①　朱鸿召:《延安日常生活中的历史,1937—1947》,桂林:广西师范大学出版社,2007年,第127-135页。

②　艾青:《梦、幻想与现实——读画梦录》,载《艾青全集》(第五卷),石家庄:花山文艺出版社,1991年,第352-360页。

③　何其芳:《给艾青先生的一封信》,载《何其芳全集》(第六卷),石家庄:河北人民出版社,2000年,第470-471页。何其芳指责艾青:"读了你的那篇文章谁都会这样想的:'既然何其芳和他的《画梦录》都如你所说的几乎一文不值,为什么他会突然变成另一种人,写出另外一种文章呢？难道他是个疯子么？'"

④　Jaroslav Prusek. *Subjectivism and Individualism in Modern Chinese Literature.* in Lee, Leo Ou-fan. *The Lyrical and the Epic: Studies of Modern Chinese Literature.* Bloomington: Indiana University Press, 1980.

⑤　Lee, Leo Ou-fan. *The Romantic Generation of Modern Chinese Writers.* Cambridge: Harvard University Press, 1973.

⑥　姜涛:《解剖室中的人格想象:对早期郭沫若诗人形象的扩展性考察(初稿)》,《新诗与浪漫主义学术研讨会论文集》(未刊),2011年10月。

紧,但真诚、灵感论和对自我的敏感延续下来。从个人抒情到政治抒情,抒情主体是无处不在的自我,催生出诗人形象和诗歌风格,它们在不同的境况中有明确的功能性意义。比如,因为抗战开始了,环境变了,写作就变了,过去认可的文学能随时更换。生活和体验直接对应写作的内容和形式:到前方去看到新的生活,生产出通讯报告;回到鲁艺失去生活奇景后,就陷入苦闷又写起诗了。这些诗大多是感受性的情感抒发,少有语言和结构上的阅读限制。何其芳称写作过程"很容易,很快,往往是白天忙于一些旁的事情,而在晚上或清晨有所感触,即挥笔而成"[①]。

一个极端的例子是《七一五团在大青山》。《七一五团在大青山》是何其芳带鲁艺学生到敌后随军时写的报告,称赞八路军的抗战。通讯报告的意图本应是较为客观有序地呈现事情的过程,达到宣传目的,但在这篇文章里,歌颂对象完全迷失在"我"和"我"的情感里,作者记忆碎片般地用"我想起了"呈现了人物事迹片段。最后说"我徒然吃力地叙述了我的故事","我几乎一点也没有叙述出你","我才知道比较于事迹的行动,历史是多么贫乏无味。我才知道比较于活的事实,传说是多么拙笨。我才知道比较于生活本身,想象和推论是多么没有颜色。我才知道与其做一个成功的故事重述者,我还是宁愿做一个生活中失败的人物"[②]。在事实层面,这次文人随军并不成功,搞文艺的学生和军人发生冲突,学生对参加军事行动是否能够真正有益文学创作产生疑问。最终学生联合要求回延安,部队则将之看作不能吃苦。[③]何其芳筛掉了这些现实的杂质,相较而言,1937年之前的何其芳对写作尚有琢磨的兴趣,诗的语言、形式、技术精巧都讲究些,[④]而此时的他,诗人的情感很少遭遇文学意识和技术上的琢磨,语言无法使情绪三思而行,抒情主体的情感宣泄

①　何其芳:《〈夜歌〉(初版)后记》,载《何其芳全集》(第一卷),石家庄:河北人民出版社,2000年,第516-521页。

②　何其芳:《七一五团在大青山》,载《何其芳全集》(第六卷),石家庄:河北人民出版社,2000年,第467-468页。

③　吴福辉:《沙汀传》,北京:北京十月文艺出版社,1990年,第227页。

④　何其芳在1937年《刻意集》的序里说自己的写作状态:"我的写作是很艰苦很迟缓的。犹如一个拙劣的雕琢师,不敢率易地挥动他的斧斤,往往夜以继日地思索着";"这过分矜持的写作习惯的养成由于自己的思路枯涩,也由于我的文学工作是以写诗开始";"有一个时候我成天苦吟",见何其芳:《〈刻意集〉序》,《何其芳全集》(第二卷),石家庄:河北人民出版社,2000年,第145页。

非常直接。《七一五团在大青山》的写作最终完全臣服于作者情感,在汪洋恣意的情绪中,写作不仅不是准确、细致的观察,甚至已无法形成基本叙事。

上述何其芳在延安的写作状态关联着他的转变的更根本的一点,即对文学的看法。文学如何面对以科学为基础的革命,是诗人到延安后的一个重要问题。毛泽东的《新民主主义论》中为新民主主义文化确立的三种品格之一就是科学,强调历史发展的规律。延安作家努力将文学纳入历史发展模式,建构不断进步发展的文学史,对新时代的史诗寄予厚望。《夜歌》中,何其芳有数篇诗作表白诗人的文学阅读史。他在一条历史进化发展的时间坐标上,以当下否定过往的文学教养。整风后,何其芳的文学观主要通过马克思主义的词汇阐释,阶级、科学、发展、社会主义现实主义等概念大量出现。事实上,何其芳的文学实践很矛盾。不抒情的时候,他是边区文艺具体工作的领导者,按照党的政策指示文艺活动。他焦虑于如何创造出能与伟大文学传统媲美的当代史诗,训导文艺工作者多读俄苏名著,献身文学。[①]但作为诗人,何其芳对文学是比较不屑的。何其芳进入鲁艺,面对革命政权的成就时,对自我、文学之于大历史的意义非常质疑。他有一首诗叫《我们的历史在奔跑着》,诗中写道:

> 你们在学习着科学的实验,
> 你们在学习着革命的历史,
> 你们都快要是干部了。

随历史一同奔跑的是科学的实验、革命的历史和干部。诗人对历史的一路向前、时不我待感到焦虑。在这首诗里,何其芳用奥菲利亚和哈姆雷特两个著名的文学名字指代过去的生活,最终科学治愈了文学的身体与思想。[②]

革命的历史也是例行化的奉献的历史。何其芳渴望融入这样的历史。延安大部分作家在鲁艺、文协等机关任职,其身份首先是干部,在供给制系统中,待遇、地位等由党内等级决定。这样的诗人、作家也有了新的名字:文艺工作

[①] 何其芳:《关于现实主义 序》《杂记三则》《论文学教育》《谈写诗》,载《何其芳全集》(第二卷),石家庄:河北人民出版社,2000年,第287-309、310-318、319-336、368-381页。

[②] 何其芳:《我们的历史在奔跑着》,载《何其芳全集》(第一卷),石家庄:河北人民出版社,2000年,第357-365页。

者。工作这个概念所隐含的日常性劳动、长久地为革命集体贡献的意涵,被何其芳很明晰地表达出来。他在一首名为《叫喊》的诗里,称"我是一个忙碌的/一天开几个会的/热心的事务工作者,/也同时是一个诗人"。①文学在这首诗里不属于工作,作为事务工作者的"我"埋首于体制内的工作,工作之余借助文学歌唱。何其芳在延安很快上手革命概念架构起新的语言系统,文学不再是为之献身的事业。这背后是一个和19世纪30年代寂寞诗人相同的自我,以真诚、敏感、高度的自我关注和审美为特征的浪漫态度,形成自我与外部世界的关联方式。这不仅造成诗人和作品的形象转变,文学本身也能从之前支撑自我、为之献身的事业,顺利转为工作者的业余爱好,革命和历史的花边。

"与一般人生出交涉"和艾青的延安

艾青1941年选择去延安,这与"皖南事变"后重庆的紧张局势和中共的积极运作有关。②到延安后艾青诗歌保持一贯气象,关注自然、战争和国家等宏大主题,有强烈的历史主体意识,但入诗题材发生变化,农村成为新的主题,取代此前的乡村和旷野。整风后艾青诗歌的题材进一步改变。1943年3月他那首著名的歌颂边区大生产劳动英雄吴满有的长诗在《解放日报》发表,之后艾青又撰文讨论后延安文艺的典型——秧歌剧,并开始搜集整理陕北的民间剪纸。艾青诗歌的上述变化提出的问题是延安以及整风后的工农兵转向,是否是政治主导的一次激进的文学大众化转折?

在具体考察艾青的写作前,我们先把视野拉开,讨论一下新诗或更广泛一些的新文学在发生之时的自我设计。1920年代初,胡适在评价晚清白话文运动时,批评其最大的缺点是把社会分成两个部分,一边是下等阶层的他们,一边是上等阶层的我们,而文学革命就是要打破上等与下等的分隔,以白话为全国人都能赏识的好宝贝,以白话新文学为中国的国语文学。③胡适的这番话表述了新文学的一个核心理想:"与一般人生出交涉"。罗志田从思想史角度对文学革命的研究,讨论了"与一般人生出交涉"的文学理想的极富张力的困

① 何其芳:《叫喊》,载《何其芳全集》(第二卷),石家庄:河北人民出版社,2000年,第390-394页。

② 程光炜:《艾青传》,北京:北京十月文艺出版社,1999年,第317-324页。

③ 胡适:《五十年来中国之文学》,载欧阳哲生编:《胡适文集》(第3卷),北京:北京大学出版社,1998年,第292-293页。

扰：一方面，新文学方案中通俗文学和大众的位置上移，专业化的文学和作者的地位与传统比，明显地向下层移动；但另一方面，白话文面临"还未完善，还欠高深复杂"，"与一般人生出交涉"的抱负不只是通俗和大众化的问题。①罗志田在文章中用普及和提高来描述这种张力，无意或有意地勾连起这个话题的历史线索。在新文学发展至1940年代时，毛泽东在延安的文艺座谈会上，高调提出普及和提高的问题，告诫包括艾青在内的延安作家什么是正确的文学。1920—1940年代艾青的写作，恰好萦绕着上述大历史的基本线索，而从他的写作我们也可以看到具体的文学写作对这些大型观念的回应和变形。

在前引胡适的那段话里，全国人、中国的国语文学是一类颇为抽象的概念，它们的意思显然不只是接受意义上的通俗化，而是与想象性的现代国家匹配的普遍的语言和文学。全面抗战的八年里是新文学作为中国的国语文学大跃进的阶段。一方面战争促成的文艺旅行、慰问团和服务团使更多、更具体的大众成为新文学的受众，而漫画、话剧和"旧瓶装新酒"等新形式的流行拉近了文艺和一般老百姓的距离。②另一方面大批知识分子和文化机构内迁中国腹地，使新文学将视野转向更广大的中国，这被朱自清称为"内地的发现"。"内地的发现"是战争给新文学的补课。在视野扩大的过程中，新文学，特别是新诗在复杂综合、精密高深上有了很大的拓展，尤为突出的是国家主题的兴盛。

艾青二十多岁留学法国期间被现代城市文明深深吸引。他以巴黎和马赛为对象写了两首抒情长诗，震惊于现代城市的工商业、人口、交通和消费景观。回国后，他无法在中国的城市找到同样的现代感，他不是《子夜》里初入上海的乡下老爷子，而是领略过发达资本主义城市景观的留学生。中国城市的不发达带给他很大的心理落差，城市常被表现为萧索、压抑、前现代的面目。他先是称常州像清朝，随后描述中国最繁华的城市上海是乌黑的城市，杭州是中世纪的城市。中国城市远不够现代，无法激起诗人分析、赞颂的热情。艾青频频写到他要走出狭小压抑的城市，走向大地。③1937年艾青离开城市走向大

---

①　罗志田：《文学革命的社会功能与社会反响》，http://jds.cass.cn/Item/26248.aspx，2015年3月3日访问，文章出处是罗志田的《道出于二——过渡时代的新旧之争》，北京：北京师范大学出版社，2014年。

②　参见 Hung Chang-tai. *War and Popular Culture: Resistance in Modern China, 1937—1945.* Berkeley: University of California Press, 1994.

③　参见艾青回国后的诗文《忆杭州》《常州》《卖艺者》等。

地,辗转于山西、武汉、广西、云南、陕西等内陆地区,写了大量土地主题的诗歌。1938年艾青去山西临汾民族革命大学当教师,应时应景写了《北方》《风陵渡》《驴子》《骆驼》等若干首表现中国北方的诗,受到好评。从北方迁徙到西南后"风沙罩着的土地"变成"薄雾在迷蒙着旷野",表达对战争中国家和人民的关注。尽管入诗景观不同,但从北方到南方,这些诗歌发现中国的方式是相似的。在这些诗里,国家特别是土地的意象,一方面是与自然斗争的民族史,渺小微弱的人类活动总是消失在冷酷的自然里;另一方面是现代战争中国家主权的象征,诗人对国运的忧心通过代表民族和人民之力的农村毁于自然之力的方式得到表达。[①]

正是在延安,艾青发现了摆脱自然逻辑的农村。1941年9月13日,初到延安的艾青以当地最重要的自然景观延河为对象,写了一首主题深沉宏大的抒情长诗《古石器吟》。[②]这首诗的逻辑是,"我"在延水旁捡到一块形似远古劳动工具的石片,由此联想到中华民族的祖先如何战胜自然,而随后几千年的历史——奴隶社会和封建社会——充满斗争、杀戮和痛苦。诗人总结过去万年的人类历史,豪迈地说眼下的战争将是最后的痛苦,是"从地狱走向天堂"的过程。那些"毁去了枷锁,毁去了剥削"的延安人民将"生活在和平与幸福的殿堂里"。这首诗很明显带着马克思主义关于人类社会发展的说法。据德里克(Arif Dirlik)的观点,1935年后马克思主义史观关于中国历史分期已达成共识,并进入学院化阶段。延安的几个马克思主义史学家在此过程中尤为重要,翦伯赞、范文澜、何干之等的古史分期确立了中国历史五阶段论。[③]历史阶段论的吸引力不只是学术上的,在抗战建国的语境里它为战争特别是共产党的社会改造,提供了清晰乐观的未来。回到艾青这首诗,"古石器"是石器时代的一个石斧或石刀,更是马克思关于从猿到人转变叙述的经典符号,象征

① 比如这样的段落:农人从雾里/挑起箢箕走来,/箢箕里只有几束葱和蒜;/他的毡帽已经破烂不堪了,/他的脸像他的衣服一样污秽,/他的冻裂了皮肤的手/插在腰束里,/他的赤着的脚/踏着凝霜的道路,/他无声地/带着扁担所发出的微响,/慢慢地/在蒙着雾的前面消失……艾青:《旷野》,见《艾青全集》(第一卷),石家庄:花山文艺出版社,1991年,第309-315页。

② 艾青:《古石器吟》,载《艾青全集》(第一卷),石家庄:花山文艺出版社,1991年,第425-527页。

③ 阿里夫·德里克:《革命与历史:中国马克思主义历史学的起源 1919—1937》,翁贺凯译,南京:江苏人民出版社,2005,第149-177页。

人类历史和文明的开端。艾青借助"古石器"这样一个小形象,打开中国历史发展的话题,跨越性地描述不同历史阶段的斗争,最终收回到延安,把自然、原始的陕北转变成人类社会发展的顶端。《古石器吟》之后艾青的延安诗歌发明了插秧、耕牛、鸡陟、晒场、春联、新苗等新农村意象群。此时的农村不再是臣服于自然的受难者,它是生产性的形象,粮食和牲口的物质富足改造了自然景观,曾经被笼统表述的在自然中挣扎的人类被劳动主体农民取代。[①]

艾青诗歌在延安生发出的新农村,其背后有延安政治对农村的强调,也有新诗传统中国家意识的诉求,两者呈现了汇流合力。而在整风后,艾青的农民题材的创作,也提示我们重新估计文学传统在这场政治主宰文艺运动中的角色。

前文谈到"与一般人生出交涉"的文学理想,有很强的文艺贴近大众的焦虑。这种焦虑在延安被表达得更加彻底。从整风后延安的文化面貌看,通俗化地贴近工农兵是文艺对这场改造的第一反应。事实上,整风前延安知识生产的确是不大关心农民的。1943年前新华书店每年发行经售的书籍在30种以上,基本都是马恩列斯著作、苏共指定的理论著作和中共领袖的理论作品。[②]整风动用组织力量发动"文化下乡""书报下乡"后,上述情况才有变化,出现《丰衣足食》《怎样养娃娃》《二流子转变》等通俗读物,有图有字的《大财东与老百姓》《伤兵到处是家庭》,农历、年历、领袖挂图、年画挂图等。[③]具体的文艺创作与之相似,大部分延安作家调整了自己的关心,开始写通俗易懂的工农兵文学。

艾青在整风后写的长诗《吴满有》塑造了边区新农民的典型。这首诗描述经典的党拯救农民的故事。艾青把吴满有写成一个有现代政治意识的农民,强调他的政治参与和作为劳动英雄的政治意味。但也就是在采访吴满有的过程中,我们会发现艾青对农村和农民的误读。吴满有被采访时,说了一句感慨苏联农田的话:"人家的地多么平啊!"艾青安慰他说中国也有很多平地,抗战

---

①　艾青:《秋天的早晨》《河边诗草》《风的歌》,见《艾青全集》(第一卷),石家庄:花山文艺出版社,第542-544、579-582、585-590页。

②　《1937—1948年新华书店在延安发行(出版)及经售书刊目录》,载赵生明:《新华书店诞生在延安》,西安:华岳文艺出版社,第266-276页。

③　参见赵生明:《新华书店诞生在延安》,第158页。

结束了就也能像苏联一样好。[①]我认为，吴满有的感慨很可能包含着农民在实际耕作中感受到的陕北地貌、环境对农业生产的限制，而艾青将这句话直接解读为对美好未来的畅想，说吴满有向往苏联集体农场。

同样的误读也发生在艾青对农民剪纸的解读上。整风后，艾青对剪纸产生兴趣，1944年他与江丰合编了《西北剪纸集》，收录了大肥猪、大山羊、老鼠偷西瓜、老鼠偷葡萄等多种主题的窗花。窗花、剪纸这类艺术往往都有地区和主题上的传统，根据靳之林的研究，老鼠偷西瓜、老鼠偷葡萄的主题是性和生育。[②]艾青用现实主义文艺观解读剪纸，讨论剪纸的题材。他说剪大山羊、大肥猪是农户"爱劳动，生活富裕的表现"；老鼠偷西瓜和老鼠偷葡萄像"小牧歌"，"表现了农民对于丰收的喜悦"。[③]由此不难看出，诗人艾青的农村是高度概念化的。政治指向的工农兵方向把诗人下放到了农村，但诗人的现代文艺教养生成的理解方式与实体的民间依然隔着巨大的沟壑。

卞之琳与专业化的文学

新文学与传统文学有一个根本的不同：传统的文学多是指与读书人相关的文章之学，有很强的学识的意思和社会阶层限定；新文学则是现代社会专业分工后的一个科目，新文学的作者和读者大多是受新式教育的青年，现代西方专业化的文学作品和作家对他们的文学感觉有很深的影响，也规范着一种新的文学的定义。那么，专业化的文学意味着什么？

卢沟桥事变后，诗坛和全国舆论涌动着抗战热情，卞之琳正面且主动地处理这种热情。1938年8月他与何其芳、沙汀去延安观察、体验抗战。这一时期就文章数量、文体、发表速度而言，卞之琳比很多人更有宣传意识，写了好几篇自己并不熟悉但更适合宣传的通讯报道。但卞之琳最终未留在延安或敌

---

①   艾青：《吴满有》附记，载《艾青全集》（第一卷），石家庄：花山文艺出版社，1991年，第658-660页。

②   民间剪纸中产子多的动物常被喻为繁衍之神的子神，鼠就是子神。参见靳之林：《我国民间艺术的造型体系》，《美术研究》1985年第3期；靳之林：《中国民间美术》，北京：五洲传播出版社，2006年，第20-21页。关于艾青对陕北剪纸的理解受到胡嘉明博士在2013年"左翼国际主义"（香港中文大学）会议上发言的启发。

③   艾青：《窗花剪纸》，载《艾青全集》（第五卷），石家庄：花山文艺出版社，1991年，第399-407页。

后。1940年因延安行被四川大学解聘后,他到了昆明的西南联大。西南联大期间,卞之琳在文学上的活动发生很大变化,他把精力放在写长篇小说《山山水水》,翻译奥登的诗、纪德的小说和衣修午德的《紫罗兰姑娘》上,同时写了近十篇介绍当代西方文学的文章。小说《山山水水》以亨利·詹姆斯的现代小说为理想,充满玄想、辨析和哲学化的设计。卞之琳似乎是扎进了另一个世界,关心起现代小说、英语文学,以及文学上成绩卓著的大人物。

这是否是诗人回到了文学内部,无法参与时代?投入《山山水水》写作的卞之琳,颇符合战前写出《距离的组织》的卞之琳的形象,实验文学形式的能量和张力。但文学实验和社会观察并不矛盾,据朱自清的解释,《距离的组织》似乎也是卞之琳对醉生梦死社会现状的讽刺。[①]卞之琳对去延安和返回大后方,有一个始终如一的解释:"我还是我。"[②]从延安回成都不久,卞之琳很清楚地给了自己一个问题,"我"在抗战能干什么?答案简单明了:干不了什么,但可以做些文章。1939年11月他在峨眉山雷音寺给《第七七二团在太行山一带》写序,序里有一段话:[③]

> 在抗战观点上来说,则我还是一个虽欲效力而无能效多大力的可愧的国民。所不同者,我现在知道了一点,虽然还是不大够;所不同者,我现在居然可以写这么一篇文字了。

他很直白地说,自己是一介书生,对抗战建国没什么贡献,对国家是有愧的国民,文章大概是最大的贡献了。这番对"我"和"文章"的估价,符合卞之琳较为一贯的关于自我的修辞,有意说低"我"和"文章"的价值,表现出把自己也当作风景来看的疏离感。[④]但实际上,卞之琳对"我"和"文章"的价值有一套

[①]　朱自清:《解诗》,载《朱自清全集》(第2册),南京:江苏教育出版社,1988年,第324-325页。

[②]　卞之琳:《〈第七七二团在太行山一带〉初版前言》,载《卞之琳文集》(上册),合肥:安徽教育出版社,2002年,第398页。

[③]　同上。

[④]　比如"可以自命曾经历经沧海,饱经风霜,却总是微不足道",形容去延安是"转了一圈",对出版的诗集"后来又总头痛得甚至于不愿意听说到它"。卞之琳晚年,更用"文章误我,我误文章"称是"踏上了文章小道,蹉跎此生",人生如戏,"谁都由不得自己演一下愿意不愿意担当的角色"。

强大稳固的正面看法,抗战时期正值盛年的卞之琳对此很坚定。即使是在卞之琳投身抗战的代表作《慰劳信集》里,这一特征也很清晰。

《慰劳信集》中有一首写毛泽东的诗①:

> 最难忘你那"打出去"的手势
> 常用以指挥感情的洪流
> 协如一种必然的大节奏。

卞之琳对毛泽东的能量看得很清楚。"主宰了辩证法"的领袖能"指挥感情"、创造"必然"。卞之琳对这种创造集体情感,主宰辩证法,主宰必然的人格未必亲切,但他不表达"我"的观点,而是不露声色地写领袖的气象。造成这一态度最主要的原因是,毛泽东是领袖,卞之琳明确把握毛的身份,去理解指挥抗战的政治领袖的视野和行为。这也正是《慰劳信集》的整体态度。卞之琳很少发时代宏音,全面概括式地说时代如何、抗战如何,与之相应,他也少用"我们""群众""人民"等集体名词。《慰劳信集》是能体现卞之琳群众观的材料。他的方式是将所谓的群众拆分成具体的,即有特定身份、位置、性别的群体,更多是个人,加以观察、理解和分析,体现每个人或具体的群体之于抗战建国的独特意义。卞之琳倾向认为尽管大家都是国民,但并不意味所有人可以并且应该混成一个集体。

卞之琳是新式教育中产生的专业化的文学精英,他看重文学价值,有高远的文学理想。卞之琳1920年代入进北大英文系读书,兼修法语,当时已开始研读英法诗歌和小说,毕业之后写诗、翻译,作品不断,受到文坛要人徐志摩赏识,卞之琳本人也在文坛成名。战争开始后,他的生活和职业算是稳定,离开延安后去了西南联大,专注教书、写作、翻译和研究。在卞之琳看来,卢沟桥事变后去延安,是"我"以写文章贡献国家大事。抗战后期钻研现代小说,写《山

---

① 卞之琳:《慰劳信集·给〈论持久战〉的著者》,载《卞之琳文集》(上卷),合肥:安徽教育出版社,2002年,第101页。

山水水》同样是以文章担大业。①文学和中国大局的关联,不只是1940年之前的文学在内容和形式上直接面向政治动员与宣传,《山山水水》是更高级的对时代的把握。

《山山水水》以男女主人公梅纶年和林未匀为线索,写"卢沟桥事变"后到"皖南事变"的知识分子,小说的空间设计围绕成都、武汉、延安、昆明四个地点展开。卞之琳计划把小说写成包括多个地理空间、情感、道德和美学的综合史诗。延安是《山山水水》的四个地理空间之一,在现在能看到的残卷里,延安篇幅较多。卞之琳写的延安可能是离经典的延安距离最远的形象,比如主人公梅纶年在延安参加集体开荒,象征主义式地观察开荒景致:②

> 草和荆棘的根交织得全然是一张网,罩住了黄土,像是一种秘密的勾结,被反过来的黄土揭发了。而每一块黄土的翻身,就像鱼的突网而去似的欢欣……这一片松土正是波浪起伏的海啊!而海又向陆地卷去,一块块地吞噬海岸。

开荒中间老任从总务那儿取回一本书,在卞之琳看来这是开荒的人和他们的动作富有哲学意味的瞬间:③

> 那本《家族、国家和私有财产的起源》原是像一只羊在那一片草原的中心,现在竟然在那一片海的边缘上,而且到了像从海里涉水而来的渔人手里。它向老任的方向迎飞过来,像一只白鹭。

这是被高度美学化的延安。开荒在延安是有多重政治意义的活动,但卞之琳

---

① 卞之琳在《〈雕虫纪历〉自序》中说:"在昆明听说了'皖南事变',我连思想上也感受到一大打击。我就从1941年暑假开始,当真一心埋头写起一部终归失败的长篇小说来了……用形象表现,在文化上、精神上,竖贯古今,横贯东西,沟通了解,挽救'世道人心',妄以为我只有这样才会对人民和国家有点用处。"载《卞之琳文集》(中卷),合肥:安徽教育出版社,2002年,第452页。

② 卞之琳:《山山水水》(小说片段),载《卞之琳文集》(上卷),合肥:安徽教育出版社,2002年,第338页。

③ 卞之琳:《山山水水》(小说片段),载《卞之琳文集》(上卷),合肥:安徽教育出版社,2002年,第342页。

更感兴趣的却是开荒的图画感,共产主义的经典著作为图画带来动态效果,创造一丝哲学意味。

《山山水水》的创作可以看作卞之琳设计了一个文学圈子,或者说是在自己确立的传统中写作。他与亨利·詹姆斯、纪德以及西方前沿的现代小说理论对话,试图成为"真正活过了""创造过了的放光的生命"的作家。《山山水水》玄奥的面目,基于这些高级文学的榜样和启示,而这篇小说的受众也不是一般人,衣修午德代表了卞之琳心目中的理想读者,有能力欣赏小说的格局和精微。在这个自我构置的文学传统的语境中,卞之琳的文学抱负很大,且对文章的价值非常自信。

这些传统对诗人也有人生教育的意义,文学教养影响了卞之琳的"三观"。战前卞之琳提到过"大我"这个词,却不是我们现在一下子就会想到的群众、集体和人民,而是能超越身体所处之时空的精神的"我"。1940年代,通过纪德和亨利·詹姆斯,卞之琳完整阐述了表达其人生观的螺旋上升的观念。纪德进出政治和文学成就的指导性形象对卞之琳产生重大影响,卞之琳接受了纪德的螺旋人生的理论。对于螺旋曲线上的人生来说,每个点前后相连,总有因缘,没什么转向可言。卞之琳的历史观也与人生的"螺旋上升"相仿,关心历史之势而非事件。[①]他非常欣赏纪德关于文学、政治高下之分的说法:搞文学的人面对外部世界,特别是政治时,要进得去出得来,文学化的政治是最糟糕的。而更重要的是,高级文学的意义,大于政治和行动,卞之琳认为无论是纪德,还是自己,在忽略了朝夕变幻的历史任务的同时,能真正把握永恒性的历史意识。[②]

结语

当我们说到战争时,很容易将之感受为一个带来翻天覆地变化的东西,战局、社会层面的流动和组织也证实着这种感受。与之相似,在讨论延安时,中

---

① 卞之琳:《〈第七七二团在太行山〉一带 初版前言》,载《卞之琳文集》(上册),合肥:安徽教育出版社,2002年,第525页。

② 卞之琳在阐释纪德《新的食粮》时表达了对政治和文学的看法:"参加行动对艺术创作是有益的,可是在行动里就必须顾到行动的实际,参加行动就得沉下心来专心一意地追随或领导政治、政策、战术、战略。还是根据了一颗天真的童心或者相反的一种超然的艺术态度,在现实里若不是全然无用就是出乱子。"

共的政治政策往往被看作是左右文学文化的基本环境,作家要跟上环境,也在环境中转折。但问题是,一方面我们是否能将变化完全解释为环境,在内/外二元对立的结构中讨论文学的变化;另一方面,所谓变化可以是非常主观的判断,比如何其芳面对艾青批评时的自我辩护,因此需要在与讨论对象相关的非常具体的历史中去讨论人和风格变化,而这个历史显然不应该将文学排除在外,也就是说文学史或文学传统在种种过程中扮演着重要角色。同时,笼统地以知识分子概念讨论作家与延安的关系,容易消解不同职业、专业群体间的差异。新文学在1940年代已是自足完整的行业,有几十年的历史、几个代际的传统。本论文讨论的三位诗人接受的教养、一技之长和立足社会获取身份的工具都是文学(主要是诗歌),文学传统的种种趋势在他们接受延安的过程中扮演着重要角色。

　　通过何其芳、艾青和卞之琳,我们讨论了战争期间三种不同的新文学传统与延安的遭遇。何其芳从1930年代《预言》中的"寂寞"到《夜歌》中的"工作",从战前文学化的形象,转变为延安时期拥护政权的工作者,这背后是新文学以真诚自持的浪漫态度形成的一以贯之的处理自我与外部世界的方式。卞之琳去延安是有意投身政治的实验,从他的写作能看到文学为大的态度,这与将职业化的现代文学视为一种事业相关,以及由此形成的对文学价值的认可。我们在新文学"与一般人生出交涉"的理想中讨论战时文学"内地的发现"和艾青的延安农村题材诗歌的文学史位置,同时也指出在"工农兵文艺"中,文艺贴近农民、写农民的世界,仍然是在现代文学感受模式中的建构,而与民间逻辑相去甚远。这篇论文讨论文学传统在三位诗人与延安遭遇的场合中的角色,文学在现代中国的开端时刻已显示了极为关键的地位,它在介入政治和社会的多种场合的同时,其自身存在和运作的机制深嵌在我们自以为然的许多判断中。

(本文发表于 *Modern China Studies* 2020年第1期,收录本书时有删改)

第二辑

《海上花列传》的情感与都市经济

　　韩邦庆的《海上花列传》是一部以清末上海妓女生活为主要内容的狭邪小说。它在当时并不风行，但在文学史上却颇受赞誉，先有鲁迅称其"平淡而近自然"，①再有胡适赞誉其"是一部很有组织的书"，并推崇为"吴语文学的第一杰作"。②张爱玲晚年将《海上花列传》译为国语，使这部小说更加容易被阅读和接受，并重新走入中国文学研究的视野，她对小说中的男人在妓院寻找爱情的说法，亦对后来学者的研究发生影响。③

　　近十几年在"重写文学史"大旗的挥动下，《海上花列传》被称为古今文学转型的标志，说明了中国文学即使没有外国文学思潮的助力也会走上现代化之路。④王德威在其影响力非凡的《被压抑的现代性》中，认为《海上花列传》开启了欲望类型学、现实主义修辞学、都市小说的写作可能，并将这个小说与宏大的"现代性"概念勾连。⑤罗岗关于《海上花列传》现代性的讨论，则打开了小说与城市空间的互动、流动的关系，充分呈献小说故事与上海的紧密关系。⑥

---

　　①　鲁迅：《中国小说史略》（据北新书局1932年版影印）"第二十六篇　清之狭邪小说"，见《民国丛书》（第二编61），上海：上海书店出版社，1990年，第321-338页。

　　②　胡适：《海上花列传序》，见《海上花开》，韩子云著，张爱玲译，香港：皇冠出版社，1992年，第3-17页。

　　③　张爱玲：《国语本〈海上花〉译后记》，见《海上花落》，韩子云著，张爱玲译，香港：皇冠出版社，1992年第1版，第706-724页。

　　④　范伯群：《〈海上花列传〉：现代通俗小说开山之作》，载《中国现代文学研究丛刊》，2006年第3期。

　　⑤　参见王德威：《被压抑的现代性——晚清小说新论》（第2章），宋伟杰译，北京：北京大学出版社，2005年。

　　⑥　罗岗：《性别移动与上海流动空间的建构——从〈海上花列传〉中的"马车"谈开去》，载华东师范大学学报（哲学社会科学版）第35卷第1期，2003年1月。

　　讨论晚清小说,一个重要的问题是晚清是否如历史教科书描述一般,一方面是旧帝国的衰微,另一方面是列强威胁之下的羸弱? 如何定位与解读《海上花列传》等晚清小说,意味着如何看待晚清这一时代:羸弱还是充满新变的可能? 传统衰微还是权势转移价值重整的激荡时代? 小说不仅记录着时代的人事状貌,亦深嵌在社会与文化的整体氛围之中,铺展彼时人们的情感与价值。

　　《海上花列传》的故事展开于19世纪末的上海。此时的上海正是"自开海禁五洲通,水陆舟车疾似风。百货遍流全世界,商家发达正无穷"。[①]清朝末年的上海有着各种不同的面目,人们对现实和未来的看法不同,意识形态和立场也各不相同,对此时上海的描绘与判断自然多有不同。但不能否认的是,这首竹枝词中所描摹的四通八达、货商繁荣的上海,正是这一时期这座城市最重要的特色。

　　《海上花列传》整部小说的主要人物——客人与倌人,正是历史发展至19世纪末,生存于上海的时代儿女。如果留心小说的细节,不难发现,王莲生在货场透露出的外语能力,江苏的候补知县罗子富在上海的活跃,黄翠凤关于结婚与继续经营欢场生意之间的选择,尤其是赵朴斋兄妹从乡下来沪的遭遇与结果,都根植于清末的上海特色当中。在19世纪末的中国,通商口岸的城市经历着一种前所未有的快速变革,新型的社会集团崛起,一种以经济和利润为核心的观念影响着城市社会的价值观念。[②]在《海上花列传》中,经济议题下的城市生活对于小说中的人事来说,显然是关键的。也正是在这一点上,《海上花列传》作为都市小说的意义在于,它表达了19、20世纪之交经济成为现代城市生活的核心议题时,人们的感情方式与价值判断的新变。

　　因此,本文将在19世纪末经济逐渐成为上海城市生活重要议题的历史语境中,考察小说所表达和分析的情感与观念。白吉尔、叶文心等历史学家对晚清上海城市中商人阶层、重利氛围以及经济意识兴起的考察,为本文的讨论构置生动且详尽的社会背景;贺萧与安克强等学者对上海妓女这一特殊群体历史的考察,使本文在讨论小说中所展现的妓女议题时,始终保持着与历史现场

---

　　①　颐安主人:《沪江商业市景词》,见顾炳权编著:《上海洋场竹枝词》,上海:上海书店出版社,1996年,第93页。

　　②　参见白吉尔:《中国资产阶级的黄金时代——1911—1937年》,张富强、许世芬译,上海:上海人民出版社,1994年,第39-53页;叶文心:《上海繁华:都会经济伦理与近代中国》,刘润堂、王琴译,台北:时报文化出版企业,2010年。

的对话意识。19世纪下半叶，寓居上海的韩邦庆亲历着这座城市的改变，并对此有着足够的敏感和思考。《海上花列传》中，他前前后后讲述了几十个人物的故事，本文将选取赵朴斋赵二宝兄妹、沈小红与王莲生、罗子富与黄翠凤三组，详细讨论这三组故事所表达的经济与情感的议题：对于外乡人来说，上海的吸引力是什么，上海的现代生活是如何被认识和解读的？沈小红与王莲生的情感纠缠如何理清，他们的故事呈现了怎样的经济与爱欲的纠缠？古代文人对高级妓女的称赞并不少见，但当时光流转至晚清上海，高级妓女文化全面退潮时，是否有关于妓女/女性的另外的、值得称颂的品格悄然兴起？

上海与上海以外

《海上花列传》的开篇是小说的叙述者花也怜侬的一场大梦，梦中所见所感皆是后来六十四回①客人与妓女种种纠缠与经历的寓言。由寓言转入故事的是花也怜侬的一落千丈，从"海上"跌至上海，遭遇到初来上海闯荡的外乡青年赵朴斋。韩邦庆在这部小说中从客人到妓女写了数十号人物，其中王莲生、洪善卿、罗子富、黄翠凤、沈小红、张蕙贞、周双珠、周双玉都算得上是占据了重要篇幅的主要人物。但是对整部小说的结构而言，赵朴斋、赵二宝兄妹却更为关键。

鲁迅在《中国小说史略》"清之狭邪小说"一章中说《海上花列传》：

> 　　大略以赵朴斋为全书线索，言赵年十七，以访母舅洪善卿至上海，遂游青楼，少不更事，沉溺至大困顿，旋被洪送令还。而赵又潜返，愈益沦落，至"拉洋车"。书至此为第二十八回，忽不复印。作者虽目光始终不离于赵，顾事迹则仅此，惟因赵又牵连租界商人及浪游子弟，杂述其沉酒征逐之状，并及烟花，自"长三"至"花烟间"具有；略如《儒林外史》，若断若续，缀为长篇。②

---

①　1926年上海亚东图书馆出版的《海上花列传》为64回，1981年张爱玲在美国译注此书时，删掉4回，遂有60回的《国语版海上花列传》。

②　鲁迅：《中国小说史略》（据北新书局1932年版影印）"第二十六篇　清之狭邪小说"，见《民国丛书》（第二编），上海：上海书店出版社，1990年，第333-334页。

在评论《海上花列传》时，鲁迅对其他人物大多一笔带过，却敏锐地注意到赵家兄妹作为开篇与结尾对小说结构的意义。赵朴斋来到上海，引发了故事的开始。他在上海的沉溺与困顿，又致使其母、其妹来到上海，一家人在租界上愈发地不能自拔，陷入其中。因此，赵朴斋、赵二宝兄妹经历的意义，一方面是串联故事，引出"租界商人及浪游子弟，杂述其沉湎征逐之状，并及烟花"，另一方面则是韩邦庆借一对外地兄妹来到上海的经历，揭上海种种世事险恶，以求"欲觉晨钟，发人深省"。① 可以说，韩邦庆写作此书的立意即是"摘发伎家罪恶"（鲁迅语），而此种种"罪恶"正是依托上海开埠之后的城市语境展开。因此，对于这部以上海城市为背景展开的小说，首要的问题正是，对于赵朴斋和赵二宝来说，为什么要到上海去？而韩邦庆所欲借此揭示的罪恶又是怎样的呢？

对于十九世纪末生活在江南某地的青年人赵朴斋来说，他可能像众多同乡一样，听闻了关于上海的机遇与繁华的种种传奇，于是离开家乡，在移民大潮中来到这座城市"寻点生意做做"。② 上海自开埠后，就吸引着大批商贾来此谋生经营。这座城市浓郁的商贸气氛使其与众不同，脱颖而出。这些外来人口按照地域区分，主要有江南地区的移民、广东人、苏北人和福建人。在《海上花列传》中，赵朴斋兄妹来自江南乡下，史三公子是金陵人士，罗子富乃山东人，在江苏做候补知县，往上海公干。小说中的妓女则大多来自江南地区，操一口苏白。韩邦庆在记录彼时棋盘街烟花之事时，也留意到了这一历史性的地域特色，以白话叙事，以苏白构建对话。在最初来到上海的移民中，广东商人占了很大的比重。他们在上海开埠不久，就意识到上海"南北仕商往来孔道，交易有无之路通，为生可以致富"的商机，③ 而江南地区的地方精英在遭遇太平天国之变后，也开始大量涌入上海，促成原本分散在江南的资本与文化，逐渐向上海集中。④

---

① 　韩邦庆：《海上花列传》，觉园、愚谷标点，上海：上海古籍出版社，1994年，第1页。

② 　韩邦庆：《海上花列传》，觉园、愚谷标点，上海：上海古籍出版社，1994年，第3页。

③ 　温仲和、李庆荣、吴宗焯纂修：《光绪嘉应州志》（卷23），《中国地方志集成　广东府县志辑》，上海：上海书店出版社，2003年。

④ 　关于江南在上海现代化进程中的作用，可参见马学强：《近代上海成长中的"江南因素"》，载《史林》2003年第3期。孟悦：《商务印书馆创办人与上海近代印刷文化的社会构成》，见王晓明主编：《批评空间的开创：二十世纪中国文学研究》，上海：东方出版中心，1998年。

正如卢汉超在《霓虹灯外》所讨论的，"现代上海发展的动力与中国其他的传统城市有着根本性的不同……撇开道德的因素不谈，大洋两岸的不同观点都有一个共同之处，就是上海的精神在于由西方带来的商业活动"[①]。在上海从"沪渎"发展为现代城市的故事中，商业的发展是最重要的情节，也是这座城市最显著的特色。赵朴斋正是抱着在这样的上海寻一点机遇的心思，离开了家乡。但是，小说中，赵朴斋显然没能很快寻到自己的机遇，建立基业。只是，尽管陷落在烟花巷里直至大困顿，赵朴斋也不愿意离开上海。那么，上海对赵朴斋的吸引力在哪呢？

小说第二回写赵朴斋初入妓院的体验时有这样一段：

> 右首倌人正唱那二黄《采桑》一套，被琵琶遮着脸，不知生的怎样。那左首的年纪大些，却是风流偶傥，见胖子豁拳输了，便要代酒。胖子不许代，一面拦住他手，一面伸下嘴去要呷。不料被右首倌人停了琵琶，从袖子底下伸过手来，悄悄的取那一杯酒授与他娘姨吃了。胖子没看见，呷了个空，引得哄堂大笑。赵朴斋看了，满心羡慕，只可恨不知趣的堂倌请去用菜，朴斋只得归席。[②]

与茅盾在《子夜》开篇描绘的著名的上海滩城市景观不同，《海上花列传》并未对19世纪末上海的城市街景做过多的渲染和描摹，赵朴斋也不似吴老太爷般惊吓于现代都市的辉煌，而是迅速地被城市里妓女与客人的情意绵绵所吸引，满心羡慕着客人与妓女的欢场游戏。

小说第二十九回，韩邦庆进一步透露了上海对于赵朴斋这个青年人的魔力：

> 秀英、二宝去后，惟留洪氏、朴斋在房，洪氏困倦早睡。朴斋独坐，听得宝善街上，东洋车声如潮涌，络绎聒耳；远远地又有铮铮琵琶之声，仿佛唱的京调，是清倌人口角，但不知为谁家。朴斋心猿不定，然又不敢擅

---

① 卢汉超：《霓虹灯外：20世纪初日常生活中的上海》，段炼、吴敏、子羽译，上海：上海古籍出版社，2004年，第23页。

② 韩邦庆：《海上花列传》（第二回），觉园、愚谷标点，上海：上海古籍出版社，1994年，第7页。

离。栈使曾于大房间后面小间内为朴斋另设一床,朴斋乃自去点起瓦灯台,和衣暂卧。不意间壁两个寓客在那里吸鸦片烟,又讲论上海白相情景,津津乎若有味焉,害朴斋火性上炎,欲眠不得,眼睁睁地等到秀英、二宝听书回来。①

吸引了赵朴斋的正是这四马路上令人心猿意马的玩乐生活。如果把现代上海的发展历程看作一出多幕的戏剧,那么外地来沪的城市移民,资本主义商业与商人群体的发展,现代物质进入百姓人家从而改变其生活方式,马路、公园、里弄等城市空间与景观之于现代性命题的多重意义,以及妓女群体生存状况都是其中的重要组成,②但在《海上花列传》中,韩邦庆为我们提出的则是一个外地来沪的年轻人,不仅未能获利于城市经济的机遇,反而失落在商业发达盈余的吃喝玩乐嫖赌的浪游生活中。韩邦庆在小说中通过赵朴斋与赵二宝两个初入上海的角色创造了关于这个城市的一对矛盾情感,一边是上海所代表的现代的、繁荣的、充满机遇的广阔空间,另一边则是借吴小大之言所说"上海夷场浪勿是个好场花"。③

那么,《海上花列传》中,韩邦庆想象的上海就仅仅是一个"繁华+罪恶"的所在么? 或许韩邦庆的初衷乃是暴露欢场的尔虞我诈,但情节流淌的结果却不止如此,否则,小说中如李漱芳之娇弱情痴、周双玉的为爱激烈、赵二宝在小说最后的殷殷期待又如何成立呢?

正如赵朴斋的离乡往沪所展示的,上海之特别正在于有"上海之外"。在这部小说里,韩邦庆虽是写上海和四马路的妓女,但"上海之外"却时时萦绕于故事的发展。王莲生于江西高升的离去,史三公子在上海巡猎一场后返回金陵,朱淑人返乡成亲,罗子富作为江苏候补知县潜在的离开⋯⋯这些都暗

---

①　韩邦庆:《海上花列传》(第二十九回),觉园、愚谷标点,上海:上海古籍出版社,1994年,第172页。

②　参见顾德曼《家乡、城市和国家:上海的地缘网络与认同》中关于移民及地缘网络的讨论,宋钻友译,周育民校,上海:上海古籍出版社,2004年;白吉尔在《中国资产阶级的黄金时代》关于资产阶级的论述;冯客关于民国时期物质文化的考察可参考: Exotic Commodities: Modern Objects and Everyday Life in China. New York : Columbia University Press, 2006;卢汉超对上海里弄空间的详细分析;以及安克强和贺萧对上海妓女群体的著述。

③　韩邦庆:《海上花列传》(第三十回),觉园、愚谷标点,上海:上海古籍出版社,1994年,第180页。

示着曾流连于上海和四马路妓院的客人们根基并不在此。小说对上海的感受，可能与历史研究所强调的上海并不一样：上海充满吸引力，但它并不一定可以留住所有人，特别是有官职、有家族身份的人，上海虽然繁荣，但未必高级和正确。小说的这一心态，在上海／上海之外、妓女／客人、妓妾／正房所构成的对立结构中更加清晰。

张爱玲和王德威都曾详细讨论过小说中的客人与妓女之间难得一见的爱情氛围。[①]朱淑人与周双玉、史三公子与赵二宝互有深情，陶云甫和李漱芳更是到了情痴的地步，但对于周、赵、李三人而言，无法以正妻身份结婚却带给她们巨大的痛苦。在整体故事的设计上，我们可以看到韩邦庆某种矛盾的态度。一方面，在这部欲摘发伎家罪恶的小说中，四马路的妓院是钩心斗角、欺瞒诈骗展开的场所，像史三公子那样的客人们来到上海冶游，始终还是要离开上海回归正常轨道，韩邦庆尽管全书都在描绘上海，但却并不认可这座城市。另一方面，四马路的妓女们并未被描摹成典型的罪恶形象，虽然有黄翠凤、沈小红这类较为强势、稍显跋扈的角色，但也有周双玉、赵二宝般纯良的妓女，更有李漱芳、李浣芳这样柔弱的角色。因为流落上海，她们不得不为妓，也就此陷入很大的不幸，几乎不可能如愿嫁人。

韩邦庆的矛盾情绪至此有所表达：一方面，现代上海的经济与商业促生了繁荣，但繁荣的城市生活所滋生的浪游生活，使人们怀有隐忧；另一方面，小说中，以上海之外和正统的婚姻为代表的正规生活，则使上海欢场的情感注定磨难与不幸。在《海上花列传》中，19世纪末的上海因其"现代"的面目备受怀疑，而这样的"现代"在正统的注视下，异常脆弱且充满不幸。

经济与爱欲

《海上花列传》写到的倌人与客人中，沈小红和王莲生是格外抢眼的一对。如果说陶云甫、李漱芳之间是一般人不可及的爱情，周双玉与朱淑人是青涩恋爱，洪善卿与周双珠更多的是知己之情，那么沈小红与王莲生的故事则充满了男女之间激烈的情感纠缠。韩邦庆在《海上花列传》中写王莲生与沈小红，并不是从爱情的萌芽写起。第四回"看面情代庖当买办 丢眼色吃醋是

---

① 参见张爱玲的《国语本〈海上花〉译后记》与王德威在《被压抑的现代性——晚清小说新论》第2章中对小说三组爱情关系的讨论。

包荒"是王沈故事的初次登场,王莲生已然一边搭上了张蕙贞,另一边又担心沈小红生出事端。此时的王莲生与沈小红已有了四五年的感情[①],王莲生虽然心里装着沈小红,但也生出了另立一户的心思。欢场之上,陶云甫、李漱芳那样的感情当然难得,但客人与妓女互不专情其实并无可厚非,可是,正是在"第三者"的疑云上,王莲生与沈小红之间爆发了一次次激烈的纠缠。

张爱玲评价《海上花列传》中的爱情世界,说沈小红与王莲生是"写情最不可及的"。[②]感情的纠葛当然是王沈故事最重要的情节,但却并不单纯建立于男女纯爱之上。小说第十回、十一回,沈小红打了张蕙贞后,王莲生去沈小红处调停,小红一见王莲生,就大闹莲生不肯为她还债:

> 小红正哭得涕泪交颐,听啸庵说,便分说道:"汤老爷,耐问声俚看:俚自家搭我说,教我生意勿做哉,条子末�ナ仔。我听仔俚,客人叫局也勿去。俚还搭我说,俚说:'耐少来哚几花债末,我来搭耐还末哉。'我听仔快活煞,张开仔两只眼睛单望俚一干仔,望俚搭我还清仔债末,我也有仔好日脚哉。陆里晓得俚一直来里骗我!骗到我今日之下,索性豁脱仔,去包仔个张蕙贞!
> …………
> 莲生一想没奈何,只得打叠起千百样柔情软语去伏侍小红。小红见莲生真个肯去还债,也落得收场,遂趁此渐渐的止住哭声。[③]

经济的考虑是沈小红不满王莲生转去张蕙贞的关键原因,她非常担心王莲生一旦有了张惠贞就不再管自己这边,债务花销一时全无着落,所以才对王莲生

---

① 小说第三十四回,王莲生在沈小红处一席谈话,小红向莲生说道:"我认得仔耐四五年,一径勿曾看见耐实概个动气",可见两人已有多年交往之情。

② 张爱玲:《国语本〈海上花〉译后记》,见《海上花落》,韩子云著,张爱玲译,香港:皇冠出版社,1992年,第706-724页。

③ 韩邦庆:《海上花列传》(第十、十一回),觉园、愚谷标点,上海:上海古籍出版社,1994年。

花了钱在张蕙贞身上异常不满[①]（第十回），而在王莲生同意还债后，终于渐收了哭。

经济账在王莲生和沈小红的故事里是一个非常有趣的机关。沈小红因为经济上的考虑死死抓住王莲生，而王莲生则在沈小红的用度上对沈小红的生活生了疑惑。在第二十四回里，王莲生先是与张蕙贞谈起沈小红的花销，连连追问为什么她的用场大，随后又向洪善卿问到知不知道沈小红的用场，然后又说沈小红今年的钱花得太多，即使是要嫁他，他也难讨得起。[②]沈小红花销过大，引起了王莲生的疑虑，而这疑虑很快就在"高亚白填词狂掷地，王莲生醉酒怒冲天"一回中被证实了。

沈小红与小柳儿的感情在小说中并未叙及。小说第九回是他们第一次共同出场。作者写沈小红在明园将张蕙贞一顿好打，但沈小红出现前，先安排小柳儿的亮相：

> 王莲生见那后生大约是大观园戏班里武小生小柳儿，便不理会。那小柳儿站一会，也就去了。
>
> 黄翠凤挽了金凤，自去爬着栏杆看进来的马车。看不多时，忽招手叫罗子富道："耐来看！"子富往下看时，不是别人，恰是沈小红，随身旧衣裳，头也没有梳便来了，正在穿堂前下车。[③]

此处安排正是作者所津津乐道的"写沈小红时，处处有一小柳儿在内"的藏闪之法。[④]小柳儿在小说中虽是一个隐蔽的配角，但却并不是小人物。韩邦庆

---

① 关于这点，阿珠的一段话说得很明白："王老爷先起头做倪先生辰光，还有好几户老客人哚。后来搭王老爷要好仔末，有个把客人阿要动气勿来哉了？倪末去请哉唆。王老爷就搭倪先生说：'倻哚勿来，让倻吸勿来末哉，我一干仔来搭耐撑场面。'王老爷，阿是耐说来哚个闲话？先生有仔王老爷，倒蛮放心，请也勿去请哉。难末一户一户客人才勿来哉，到故歇是无拨哉，就剩仔王老爷一干仔哉。洪老爷，耐说王老爷去做仔张蕙贞，倪先生阿要发极？"韩邦庆：《海上花列传》（第十回），觉园、愚谷标点，上海：上海古籍出版社，1994年，第58页。

② 韩邦庆：《海上花列传》（第二十四回），觉园、愚谷标点，上海：上海古籍出版社，1994年。

③ 韩邦庆：《海上花列传》（第九回），觉园、愚谷标点，上海：上海古籍出版社，1994年，第50页。

④ 韩邦庆：《海上花列传》（例言），觉园　愚谷标点，上海：上海古籍出版社，1994年。

在第三十回写赵二宝、陆秀宝二人往大观园游玩时,借她们的口说:"这大观园头等角色最多,其中最出色的乃一个武小生,名叫小柳儿,做工唱口,绝不犹人。"① 作为当红武生,小柳儿有着明星般的形象。第九回写小柳儿出场,"一个俊俏伶俐后生,穿着挖云镶边马甲,洒绣滚脚套裤";第五十三回的出场十分光鲜,"穿着单罗夹纱崭新衣服,越显出吉灵即溜的身儿;脚下厚底京鞋,其声橐橐;脑后拖一根油晃晃朴辫"。就是这样一个明星般的年轻武生强烈吸引着沈小红。如果说在沈小红与小柳儿的关系中,小柳儿常显得有些三心二意、并不专心,② 那么沈小红则似乎对小柳儿情难自控,在被王莲生抓奸现形,姘戏子的事情为众人所知后,她依然与小柳儿颇有瓜葛。

妓女和客人的三心二意是欢场爱情的常态,《海上花列传》中黄翠凤、周双珠都不止一户客人。妓女做几户客人往往与经济的考虑有很大关系,比如黄翠凤要赎身另立门户时,安排钱子刚赎身,罗子富为其置办家具器物,多一户客人意味着多一处经济上的依赖。沈小红说自己只做了王莲生一个人,所以王莲生必须负担她的债务,也是相似的道理。这个道理在《海上花列传》里也不是秘而不宣的。小说的第九回,韩邦庆就借黄翠凤的一番话说得清清楚楚:

> 子富不好意思,搭讪说道:"耐呸人一点点无拨啥道理!耐自家也去想想看,耐做个倌人末,几花客人做仔去,倒勿许客人再去做一个倌人,故末啥道理?也亏耐哚有面孔说得出!"翠凤笑道:"为啥说勿出嗄?倪是做生意,叫无法哩。耐搭我一年三节生意包仔下来,我就做耐一干仔,蛮好。"子富道:"耐要想敲我一干仔哉!"翠凤道:"做仔耐一干仔,勿敲耐敲啥人嗄?耐倒说得有道理。"

因此,妓女姘戏子为人所不齿,一方面在于戏子的身份显然无法与王莲生、罗子富、洪善卿这样的官商并提,另一方面沈小红姘戏子的行为实是打破了客人与妓女以经济为基础的稳定关系,在姘戏子的行为中,似乎已无须金钱维系二

---

① 韩邦庆:《海上花列传》(第三十回),觉园、愚谷标点,上海:上海古籍出版社,1994年。

② 小说第九回写小柳儿"一眼注定张蕙贞,看了又孜孜的笑",第五十六回又写他"故意兜个圈子,捱过罗子富桌子旁边,细细打量黄翠凤"。

人关系,爱欲之深足以无视经济的诉求和依赖。因此,沈小红的问题在于,尽管她深知姘戏子到头来是一场无结果,却也情难自抑,而这样的爱欲最终挑战了基于经济逻辑的感情结构,成为妓女与客人稳定关系的大障碍。

《海上花列传》中,韩邦庆似乎并不信任纯粹的爱情故事,他构置了一幕幕情感与经济的激烈对话。而在这部小说写作的年代之后,这一话题也并未消失。《伤逝》中子君与涓生的故事在"五四"语境展开,虽然已是另外的对男女之情的观察,但现代社会中爱情与经济的议题依然是鲁迅在这个小说中所欲发问和讨论的。

经济与妓女的品质

1998年台湾导演侯孝贤将韩邦庆的《海上花列传》改编削减,提出三对人物——罗子富与黄翠凤、周双珠与洪善卿、王莲生与沈小红——的故事,拍摄了电影《海上花》。影片中的三个妓女里,黄翠凤是个性最鲜亮也最凌厉的一个。侯孝贤言,他所理解的黄翠凤是一个能够清晰掌握周边人事的女人,她的手段很高明,不会出纰漏,她的生意做得很好,几个男人、老鸨都能搞得稳稳妥妥。[①]正如侯孝贤感受到的,如果说《海上花列传》中周双珠的淡泊、沈小红的落魄、李漱芳的弃世、双玉二宝最终的形单影只多少都透露了烟花女子的凄凉,那么黄翠凤就显得格外积极、独立且成功。

小说开始的六回稀稀疏疏地大致介绍了黄翠凤的基本情况。江苏候补知县罗子富来上海公干,本已做了一户蒋月琴,后转做黄翠凤。翠凤对罗子富的态度似乎不像其他妓女对客人那么巴结,先是有第四回知道罗子富要翻台去蒋月琴处,冷漠离去,后又有第六回因喝酒的事情当众与罗子富使性子,"连那两杯都折在只大玻璃斗内,一口气吸得精干,说声'等会请过来',头也不回,一直去了"。[②]黄翠凤脾气让罗子富受不了,不免生了后悔做她的心,然而陶云甫随后讲的翠凤吞鸦片的事迹,却听得罗子富"志忑鹘突,只是出神",当夜就直奔黄翠凤家,自此之后更是对翠凤敬慕有加。[③]小说第六回的标题"管老鸨奇事反常情"即是对罗子富钦慕黄翠凤倔强刚硬性格的一句判词。

---

① 卓伯棠主编:《侯孝贤电影讲座》,桂林:广西师范大学出版社,2009年,第118页。

② 韩邦庆:《海上花列传》(第六回),上海:上海古籍出版社,1994年,第34页。

③ 韩邦庆:《海上花列传》(第六回),上海:上海古籍出版社,1994年,第35页。

随后罗子富与黄翠凤的故事在韩邦庆看来似乎就是"恶圈套罩住迷魂阵"。[①]翠凤成功地使罗子富不再去做蒋月琴,又收了罗子富的拜盒在自己这里做信物,其实也是个威胁,后来又顺顺当当地让罗子富为自己的赎身之事出力。在整个事态的发展中,罗子富对黄翠凤的感情一日深过一日,确切一点,与其说他是迷恋黄翠凤的女性美,不如说是敬慕黄翠凤的为人与品格。小说第八回,黄翠凤一番表明态度的话让罗子富大为尊敬:

> 翠凤笑道:"耐陆里猜得着我意思。耐要晓得做仔我,耐匏看重来哚洋钱浪。我要用着洋钱个辰光,就要仔耐一千八百,也算勿得啥多;我用勿着,就一厘一毫也勿来搭耐要。耐要送物事,送仔我钏臂,我不过见个情;耐就去拿仔一块砖头来送拨我,我倒也见耐个情。耐摸着仔我脾气末好哉。"
>
> 子富听到这里,不禁大惊失色,站起身来道:"耐个人倒稀奇哚!"遂向翠凤深深作揖下去,道:"我今朝真真佩服仔耐哉。"[②]

第四十九回,翠凤调头前一晚,罗子富先是惊异于翠凤做事之精细:

> 翠凤亦令赵家姆将去,连适间一包,做一处安放。更请账房先生随带衣裳、头面账簿上楼。子富听这名目新奇,从旁看去。原来那账簿前半本开具头面若干件,后半本开具衣裳若干件,如有破坏改拆等情,下面分行小注,一览而知。子富暗地叹服其精细。[③]

调头当日黄翠凤的一身孝女装扮,让罗子富对她的敬慕达到高潮:

> 子富一见翠凤,上下打量,不胜惊骇。竟是通身净素,湖色竹布衫裙,蜜色头绳,玄色鞋面,钗环簪环一色白银,如穿重孝一般。翠凤不等动问,就道:"我八岁无拨仔爷娘,进该搭个门口就勿曾戴孝;故歇出去,要补足

① 此句系第七回的标题,也是作者多罗子富和黄翠凤关系的判词。
② 韩邦庆:《海上花列传》(第八回),上海:上海古籍出版社,1994年,第44页。
③ 韩邦庆:《海上花列传》(第四十九回),上海:上海古籍出版社,1994年,第290页。

俚三年。"子富称叹不置。①

对妓女的敬慕在中国妓女文化史上并不是陌生的话题。明朝末年,南京秦淮花街使中国妓女文化得到了极大的繁荣与丰富,一批著名的青楼名妓纷纷于易代之时登场亮相,而她们的风姿和事迹也被一书再书、念念不忘。②随着妓风大盛,出现一批数量庞大的文人笔记,以及图文并备的"百艳图"或"群芳谱"。这些笔记小品大多继承前人此类作品的体例,特别是模仿《板桥杂记》,在怀恋中续写名妓风范。不过,清朝末年,随着城市开埠、鸦片涌入妓院、营利意识高涨,亦有人伤感地注意到,此时已远非曾经那个妓女姿色、文化、名誉并重的时代了。③

　　无论是回忆前朝名妓,还是续写名妓掌故,或是伤感于时过境迁,所谓名妓已名不副实,这类文字对妓女品质的想象基本都要求其知书会画,通晓音律,能够与文人墨客进行精神性的沟通。与之相比,罗子富对黄翠凤的爱恋就有些不大正统:他首先被她的烈性吸引,随后发现翠凤非同一般的周旋、打算、经营的能力,逐渐对她格外地敬佩,同时也甘愿为其所用。调头当日是罗黄关系发展的一个高潮,黄翠凤精心表演了一出孝女的场景给罗看,罗则彻底倾心地出演翠凤这场戏剧中仰慕者的角色,对她又恋又敬。

　　关于19世纪下半叶上海城市中高级妓女的问题,已有不少学者作出深入讨论。安克强认为从上海开埠至20世纪初,上海的高级妓女处于一种全面普通化的状态,所谓高级妓女文化不过是文人的想象,而这种怀旧式的想象也随着19世纪下半叶城市中文人衰落、商人兴起的阶层变化,逐渐没落。④安克强的描述准确地呈现了晚清妓女的重要特征。然而,需要注意到的是,在安克强的论述中,所谓的"高级妓女",指的是那些像古代高级妓女一样被精心培养和调教的妓女,她们懂得读书识字,能够琴棋书画,把握着与客人交往时的尺度和距离,而就19世纪中期至20世纪中期上海妓女的整体发展趋向来看,古典的"高级妓女"品格的消失只是故事的一部分情节。正如罗、黄感情的发生所昭示的,正是高级妓女文化退潮的时刻,罗子富对黄翠凤生出了浓浓恋慕。

---

①　韩邦庆:《海上花列传》(第四十九回),上海:上海古籍出版社,1994年,第293页。

②　参见大木康:《风月秦淮:中国游里空间》,辛如意译,台北:联经出版事业股份有限公司,2007年。

③　参见陶慕宁:《青楼文学与中国文化》(第六章),北京:东方出版社,1993年。

④　安克强:《上海妓女:19—20世纪中国的卖淫与性》,上海:上海古籍出版社,2004年。

吸引罗子富的,并不是"高级妓女"的才华,或者普通妓女的巴结与性诱惑;牢牢抓住罗子富心的,是黄翠凤的烈性和表演出的孝心,是她在经济上的算计和精明,也是翠凤利用身边人为自己经营人生的谋划。换句话说,正如贺萧在其书中所展示的,对于晚清的上海妓女来说,财产、经营等经济问题与经济意识变得非常重要,[①]当经济上升为整个城市生活最主要的议题的时刻,《海上花列传》中,不仅妓女营利的意识得到了史无前例的表现,经济上的精明与打算,在算计中把握自己的能力都可能成为妓女令人敬慕的品质。

关于近代上海都市经济议题的讨论,企业、企业家、消费文化等方面是许多学者关注的方向,但同时,也有学者注意到伴随现代经济在城市中占据越来越重要的地位,经济的意识、社会价值体系和人们情感及生活方式都发生着变化。叶文心在其关于现代上海经济情感(economic sentiments)的著述中借用Liah Greenfeld的"经济主义"取替长久以来占据主流位置的"资本主义"的说法,即意在强调1843年上海开埠之后,在现代城市中兴起的一套以经济问题为中心的行为与心态的逻辑,突出呈现伴随都市经济而生的某种生活风格与情感伦理。[②]本文以19世纪末经济议题逐渐在上海成为城市生活核心的历史为语境,讨论韩邦庆《海上花列传》围绕着情感与经济所展开三组问题。19世纪末,与全国其他地区相比,蓬勃的商业活力与机遇已然成为上海独特的品质,无数外地人离开家乡来到上海,然而尽管许多人向往上海,来到上海,但在人们的观念中,上海却并不美好。一方面它充满诱惑异常危险,这一主题一直延续在中国现当代文学对都市的想象中,另一方面,在王朝统治已然存在的背景下,上海现代都市生活所显露的诸多异相与新潮,在正统面前似乎也充满问题、难入主流而终将抛弃。正是在这样的现代都市中,我们看到了由沈小红和王莲生的故事所显露的都市中情感与经济的纠缠,这一主题也在后来的小说中被不断地回应与讨论。同时,传统与现代的界限在罗子富对黄翠凤的爱恋中似乎也呈现了某种别样的状貌,高级妓女文化的衰退并不意味着妓女只意味着性交易,当以文化作为妓女价值判断的标杆逐渐衰弱时,一种在经济活动

---

① 贺萧:《危险的愉悦:20世纪上海的娼妓问题与现代性》("情感事务"一节),韩敏中、盛宁译,南京:江苏人民出版社,2003年。

② 叶文心:《上海繁华:都会经济伦理与近代中国》,刘润堂、王琴译,台北:时报文化出版企业,2010年。

中把握自我、精明算计的能力似乎成为女性值得敬佩的品质。更进一步，在罗子富与黄翠凤的爱恋中，情感、经济与性别成为故事结构的基本要素，而这样的故事主题在其后直至当下的社会生活与文学想象中依然十分关键。一百多年前，韩邦庆在中国现代进程初期的敏感意识，及其借由小说呈现的情感与经济的议题，不仅透露了晚清小说的现代意识所在，也促使我们对由文学研究考察中国现代性议题的多种可能，以及现代生活本身的诸多问题展开更深入的思考，而这也许正是百年后的今天重新考察《海上花列传》的意义所在。

（本文发表于《城市文化评论》2013年8月第10卷，收录本书时有删改）

电影"国语"与1930年代有声片

　　1930年,当有声电影在美国的市场上取得了对无声电影压倒性的胜利的时候,有声电影形式和前途的问题也引起了国内不少人的关注,其中有一场《艺术月刊》组织的文坛诸家的讨论,参加者有冯乃超、郑伯奇、洪灵菲、蒋光慈、钱杏邨、李一氓、沈端先等人。在这场讨论中,一个有意思的意见是,从大众化的观点看,将有声片的形式用到自己制作的土片中,会有很大的意义,[①]因为有声电影与无声电影相比,更能吸引观众,更加有助于扩大电影市场。在今天看来,这种替代在这场讨论里,并不是一个疑问,但在当时,这种替代却面对很多麻烦。

　　很多发言者都担忧语言上的障碍会影响电影在市场上的普及,由于机器设备的问题,初期国产有声片的声音质量和效果也很堪忧。蒋光慈就抱怨"现在的有声电影,忽而用字幕,忽而又发出声音",常常扰乱情绪。

　　上述关于被视为"大众化"契机的有声片的言论,与1930年代文学界关于"文艺大众化"的讨论有很大关系。"大众化"也是1930年代电影界的一个主题。1932年,以郑伯奇、阿英、夏衍为代表的左翼进入上海电影界之后,为电影界指出的前路正是"电影大众化",这个口号亦作为努力的方向基本为三十年代电影界所认可。因此,在有声片作为"大众化"契机的问题上,这篇文章想讨论的是:1920年代就已经获得不少市民关注的中国电影为什么此时要与从文艺界引进的"大众化"发生关联? 有声电影之于"大众化"的意义,除了吸引观众的意义,是否还有更深层的价值?

一、"国语"进入电影的历史契机

　　罗志田在讨论"五四"文学革命时认为,文学革命是一场精英气十足的上

---

　　① 　冯乃超等:《有声电影的前途》,载《艺术月刊》第1期,1930年3月16日。

层革命,所以其效应只在于精英分子和想要上升为精英的人,在底层群众中,白话新文学并不受欢迎,反而是旧小说和戏曲风行其间。[①]讨论文学与大众关系的这番议论,针对的是胡适在文学革命中立下的新文学"与一般人生出交涉"的宗旨。1920年代初,胡适在评价晚清白话文运动时,批评其最大的缺点是把社会分成两个部分,一边是下等阶层"他们",一边是上等人的"我们",而文学革命就是要打破上等和下等的分隔,以白话为全国人都能赏识的好宝贝,以白话新文学为中国的国语文学。[②]

　　胡适的这番抱负实际上有其潜在的文学理想。1917年他在一篇文章中谈及明代白话文发展时说:"及白话之文体既兴,语录用于讲坛,而小说传于穷巷。当此之时,'今文'之趋势已成,而明七子之徒乃必欲反之于汉魏以上,则罪不容辞矣。"[③]"传于穷巷"跟"与一般人生出交涉"有相似但也不同,后者是就创造新文学而言,前者则是说文学在社会上的风行程度。但是显而易见的是,胡适所艳羡的"传于穷巷"从来就不是由文学或小说单独实现的。梁启超在《论小说与群治之关系》中也承认:就刺激力而言,"文字不如语言。然语言力所被不能广不能久也,于是不得不乞灵于文字"。[④]在传统社会中,小说或故事为群众所接受有基于文字的传播方式,但也有勾栏瓦肆、茶馆戏园、说话小曲的传统,胡适在《五十年来中国之文学》中提到的《七侠五义》《儿女英雄传》等白话小说的广为流传,也与民间说书有很大关系。当小说由表演的方式呈现给观众时,讲一个什么样故事固然重要,演出者、演出的氛围和观众的反应对故事所能达到的刺激力恐怕更为关键。关于这一点最好的例子就是刘鹗在《老残游记》中呈现的那段著名的明湖居听戏。

　　因此,欲使白话新文学实现"传于穷巷"、为全国人所赏识的理想可能存在着某种先天的问题。这一方面有罗志田所讨论的科举废除之后社会结构的变化,另一方面也有欲借文学改变社会但却失去了其原有的贯通上下之阶梯

---

① 罗志田:《知识分子的边缘化与边缘知识分子的兴起》,载《权势转移:近代中国的思想、社会与学术》,武汉:湖北人民出版社,1999年。

② 胡适:《五十年来中国之文学》,载《胡适文集》(第4卷),北京:人民文学出版社,1998年,第387-388页,。

③ 胡适:《历史的文学观念论》,载《胡适文集》(第2卷),北京:北京大学出版社,1998年,第29页。

④ 梁启超:《论小说与群治之关系》,载夏晓红编:《梁启超学术文化随笔》,北京:中国青年出版社,1996年,第173页。

的问题。

在1930年代"文艺大众化"的讨论中,一个普遍的问题和困惑是:"五四"创造的白话是一种欧化的新文言,平民群众无法了解新文艺作品,就像他们以前无法读懂古文一样。新式的绅士和平民之间没有共同语言,因此无论革命文学的内容有多好,它都无法传递给平民群众。① 由此,致力于大众文艺的诸人,其首要的任务就是在"五四"新文学代表的"学士大夫和欧化青年的文艺生活"与章回体白话文学代表的"市侩小百姓的文艺生活"外找到另外的道路,瞿秋白很明确地表示这条道路就是"跳过那一堵万里长城,跑到群众里面去"。② 但万里长城要怎么跳才能到平民群众那边去,各家说法不一。瞿秋白的意见主要集中在语言文字上,认为新的文学革命一方面要肃清文言余孽,即"五四"新文言,另一方面要反对旧小说的白话,使用现代中国活人的白话来写。但什么是"现代中国活人的白话"并不确定,城里人和乡下人语言不同,各地方言差异极大,就算是同一城市各地移民的语言也有差别。与这个多少过于空泛的解决方法相比,茅盾的意见则显得更有启发:"旧小说之所以更能接近大众乃在其有接近大众的技术而非在文字——技术是主,作为表现媒介的文字本身是末。"③ 虽然茅盾仍是在文学范围内谈大众化的问题,但其关注点显然已不在白话或文言,而在于如何使文学整体性地(包括大众口味的描写方式)受群众之欢迎,事实上,此时茅盾已经关注到了利用文学外的形式实现大众文艺的可行性。④ 相比学院制造的新文学,电影、武侠神怪的旧小说和鸳鸯蝴蝶派小说表现出的对市民更大的吸引力,也开始为大众文艺的倡导者们所注意。⑤ 1932年左翼文委同意郑伯奇、夏衍、阿英三人去明星电影公司当

————

① 参见宋阳:《大众文艺的问题》,载文振庭编:《文艺大众化问题讨论资料》,上海文艺出版社,1987年。

② 史铁儿:《普洛大众文艺的现实问题》,载《文艺大众化问题讨论资料》,第36页。

③ 止敬:《问题中的大众文艺》,载《文艺大众化问题讨论资料》,第113页。

④ 参见茅盾:《"连环图画小说"》,载《茅盾全集》(19),北京:人民文学出版社,1991年。

⑤ 参见茅盾:《"连环图画小说"》,载《茅盾全集》(19);茅盾:《封建的小市民文艺》,载《茅盾全集》(19);史铁儿:《普洛大众文艺的现实问题》,载《文艺大众化问题讨论资料》。

编剧,实际上亦有将文学的抱负和理想借电影这一"最富群众性的艺术"①打入平民群众当中的打算;这在电影界内就是"电影大众化"口号的提出,并且很多时候,这一口号被理解为通过纪录片、短片和露天电影让更多的人去看电影。

二、"乡音"与"国语":有声片出现的背景

当作为新文艺整体方案之一的电影要开口说话时,它的意义和价值就不仅在于更为普通市民所欢迎,或是适合动员群众反帝反封建。陈大悲1929年在谈及有声电影的问题时说:"有声电影能够促成我们国语的统一,其功业之伟大,断非用他种方法的国语运动所可以比拟……读小说比读正史容易记住,所以在戏院里教授国语的成绩,一定比在讲堂里所教授的更快而且更广。"②

在考察1930年代电影开口讲国语的意义时,有必要参照当时其他各类演出活动的情况。"五四"之后逐渐兴起的话剧由于票价和剧场设计的关系,大多数下层贫民和吵闹的小市民无法被接纳在城市公共剧院中欣赏演出。③以大世界、新世界为代表的上海游艺场的节目单则主要被各地方戏曲占据。1935年的《上海市指南》中介绍规模最大的大世界游艺场的演出和活动安排为:京剧、新剧、弹词、滑稽戏、扬州戏、昆剧、电影、苏滩、申曲、锡曲、群花会唱、说书、刨冰场和弹子房。其他较小型的游艺场则只有各类戏曲的演出。而三十年代在上海兴起的无线电播音,也以交通广播和歌曲小调为主。④

另外,以上海为例,1930年代整个城市的语言状况如何呢? 茅盾在质疑瞿秋白提出的以普通话创作文学时说:"新兴阶级(工人阶级)中间流行着至

① 据夏衍的回忆,瞿秋白在批准他与阿英、郑伯奇三人进入明星公司当编剧时,嘱咐说:"电影是最富群众性的艺术,将来我们'取得了天下'之后,一定要大力发展电影事业,现在有这么一个机会,不妨利用资本家的设备,学一点本领;当然,现在只是试一下,不要抱太大希望,更不要幻想资本家会让你们拍无产阶级的电影,况且他们只请你们三个人,你们既没办电影的经验,又没有和资本家打交道的本领,所以特别要当心。"夏衍:《懒寻旧梦录》,北京:生活·读书·新知三联书店,2006年,第153页。

② 陈大悲:《有声电影之马后炮》,载中国电影资料馆:《中国无声电影》,北京:中国电影出版社,1996年。

③ 参见葛飞:《戏剧、革命和都市漩涡——1930年代左翼剧运、剧人在上海》,北京:北京大学出版社,2008年,第144-146页。

④ 沈伯经、陈怀圃:《上海市指南》,上海:中华书局,1934年,第158-159页。

少三种形式的'普通话'。一种是以上海土白为基础,夹杂着几个普通化了的'粤语'(例如顶刮刮),江北话(例如乖乖唉),山东话(例如捣蛋)以及不知从何来的'单字'。这一种话势力最大。第二种是以'江北话'为基本(这所谓'江北话',不是纯粹扬州话,而以盐城、宿迁等土白为主),而夹杂着山东语和上海语。这一种势力就小了。第三种是'北方音'而上海腔的一种话。"①由此不难看出,单是上海一城,就不存在一种统一的语言,更谈不上全国范围内有某种统一的"普通话"。

从声音语言的角度来考察,从晚清到20世纪30年代一直存在着一个规范语言的趋势。1904年一批中国留日学生组织了一个演说练习会,为了减少因中国方言众多而造成的困扰,练习会特别设立了普通语研究会,推举专人教授普通语。②而随着文学革命对国语的提倡,以及在政治活动和大革命过程中,演讲宣传越来越频繁和重要,一个通行全国的口语国语的意义凸显出来。这个统一的口语从一开始就与政治宣传密切关联,与新的国家的建立相联系,尽管从语言的使用状况来看,它远非"普通"话,但却毋庸置疑是现代中国的"国语"。

作为现代中国口语和书写语言的"国语"从一开始就是新的共同体的语言。第一,"国语"概念的提出与对"现代"的构想相关,它针对古代中国书面语与口语的分裂,提出要以白话为现代中国的"国语","我手写我口",言文一致。第二,清时作为口语共同语的"官话"是政府官员交流、谈论公务的语言,是一种官方语言,但白话文运动中,胡适表示要让白话成为"全国人民都赏识的好宝贝"③,也就是说白话是官方民间通用的语言,是各个地域的人们都能使用的语言,白话也正是在这个意义上是一个完整的国家的"国语"。与"国语"概念相对的"乡音"则是一个前现代的概念,它表征着依赖血缘关系的自然群落。从上面对三十年代上海城市语言状况的分析来看,此时的上海依然乡音混杂,远未形成一种已是城市居民共识的"普通话",而乡音在城市中流通和使用也使现代城市的"市民"们因为听不懂对方的话而被区别。④

---

① 止敬:《问题中的大众文艺》,载《文艺大众化问题讨论资料》,第115页。

② 《警钟日报》,1904年9月11日。

③ 胡适:《五十年来中国之文学》,载《胡适文集》(第4卷),北京:人民文学出版社,1998年,第387页。

④ 可参见苏青《结婚十年》中对广东房东的介绍,苏青:《结婚十年》,合肥:安徽文艺出版社,1997年。

　　事实上，从晚清到1930年代，以家乡意识为核心的机构与活动一直都是城市移民们非常重要的组织方式。①这些机构组织主要由大大小小不同的会馆、公所、帮和同乡会构成。上海广肇会馆公所在发起宣言中说："盖闻天下一郡县之积也，郡县一里乡之积也。通力合作，守望相助，是以统乡里、郡县而天下治也。自井田废而牵车服贾迁于远方者日多，则去其乡而与非同乡之人居，情谊势不相属，因萃同乡里郡县之人，聚处异地仍如故乡，于是乎有会馆之设，亦先王任恤之义焉。沪渎通商甲天下，我粤广肇两郡，或仕宦，或商贾，以及执艺来游，挟资侨寓者，较他省为尤众，（固有会馆之设）。"②从这段宣言可以看到同乡组织最基本的功能：为旅居上海的同乡服务。这些事务纷繁复杂，包括解决纠纷、为同乡争取利益、在节日组织传统仪式、为旅居同乡提供方便和服务。例如1921年宁波同乡组织四明公所董事会创办上海四明医院，其主要职责是为贫困的甬籍人看病施药、办理丧葬，而对上海的非甬籍居民则要视其病情和经济情况而定。③

　　但应注意到，"同乡"对于移居上海的外省人来说，不仅是打开人际网络的机会，也不单是参与各种同乡活动之中，联络感情、接受福利。正如之前所引宣言所说，同乡的概念瞩目于居异地仍如故乡，其所强调的更多的是对家乡的认同，以及对同是侨寓外地的同乡人的感情的联系。1905年一位广东籍的四川官眷黎黄氏带着家人仆人来到上海，因为一行人数众多被租界警察以贩卖人口的嫌疑扣押，两位地方官员几经努力都未能使租界警察释放黎黄氏，还为此引咎辞职。上海广肇公所在得知消息后召开同乡大会发出抗议，并向外务部、商部发电说明情况，要求释放黎黄氏。在这个事件中，广肇公所的行为很大程度上是出自保护同乡利益、维护地方声誉的集体情绪。

---

　　①　据沈伯经、陈怀圃的《上海指南》："会馆系以省别，或以府别，或以县别之组织，其最初目的原为同邑旅外人士过世后，暂时停柩之用。其后始另辟堂室，为同邑旅外人士集会饮宴之所。至公所则多指以职业区别之团体，盖与会馆下无分别也。同乡会为晚近新起之社会组织。例皆无固定财产，其内容亦较会馆为复杂。常在同一县而有数同乡会者，反之亦有数县共组一同乡会者。"这四种名称在时间、概念和事务管理上的差异可参见《家乡、城市与国家》第21-25页，顾德曼：《家乡、城市与国家》，宋钻友译，上海：上海古籍出版社，2004年。
　　②　《上海广肇会馆公所缘起》，转引自顾德曼：《家乡、城市与国家》，宋钻友译，上海：上海古籍出版社，2004年，第7页。
　　③　参见施福康主编《上海社会大观》中关于四明公所的内容，上海：上海书店出版社，2000年。

毛泽东在1919年的《民众的大联合》中说："国家坏到了极处，人类苦到了极处，社会黑暗到了极处。补救的方法，改造的方法。教育，兴业，努力，猛进，破坏，建设，固然是不错，有为这几样根本的一个方法，就是民众的大联合。"他认为要实现民众的大联合就必须从小联合开始，工人、农民、学生、妇女都要联合起来与强权对抗，谋求自己的利益，而对于当下的中国来说，民众大联合的基础各种小联合已经存在，这些小联合主要是各省县的农会、工会、教育会，各种学生组织，各类学会和各地的同乡组织。[①]毛泽东所看重的同乡组织的力量，在运动斗争中的作用非常明显。以"五四"运动为例，以往的研究对运动开展的分析往往以学生、商人、工人为类别做职业上的区分，但具体的情况要复杂很多。1919年5月7日上海西门外体育场举行的国民大会上，与会的五十六个团体中以学校为单位的有二十一个，以同乡组织为单位的有十三个，[②]而在商人罢市的过程中，同乡组织的作用更加显著。

1927年4月上海特别市的成立意味着其正式成为现代国家区划制度下的一部分。特别市成立后，政府开始了一系列市政规划和建设工作，最主要的成果有1933年10月竣工的市政府大楼，1935年的体育馆，分别于1936和1937年建成的图书馆、博物馆。公共空间作为现代城市、国家象征的意义无须赘言，上海在现代化的进程中，新的共同体和人际网络的形成趋势已很明显。已有的很多研究都表明从晚清到民国，上海由"沪渎"走向"特别市"，来到上海的移民从"乡民"转变为"市民"。[③]

三、电影与观众集体感的建构

如果把在"乡民"重构为"市民"的过程中，电影说"国语"发挥了多大作用的问题，搁置在话语建构的层面上来谈的话，无疑是取消了电影不同于文学、戏剧的基本特质，也回避了它对城市居民观念与生活所可能产生的潜移默化的作用。本文所要做的，正是在强调电影作为大众娱乐活动的基础上，探讨电影"国语"在现代进程中的关捩意义。因此，首先需要回答的一个问题是，

① 毛泽东：《民众的大联合》，《湘江评论》第2、3、4号，1919年7—8月。
② 上海社会科学院历史研究所：《五四运动在上海史料选辑》，上海：上海人民出版社，1960年，第181页。
③ 参见卢汉超：《霓虹灯外：20世纪初日常生活中的上海》，段炼、吴敏、子羽译，上海：上海古籍出版社，2004年。

1930年代的上海，看电影是否已经成为大部分市民能够接受并参与的活动？在与美国好莱坞电影的竞争中，国语片是否能保证有足够数量的观众群？

下面是1930年代中期全上海四十多家电影院的位置、票价和放映轮次情况：

主映国片				主映外片			
院名	地点	轮次	票价	院名	地点	轮次	票价
金城	北京路	1		大光明	静安寺路	1	最低6角
新光	宁波路	1	最低6角	南京	爱多亚路	1	最低6角
中央	北海路	2	最低4角	国泰	霞飞路	1	
光华	福熙路	3	最低3角	大上海	西藏路	1	
明星	派克路	3	最低3角	卡尔登	派克路	1	最低6角
西海	新闸路	3	露天	融光	海宁路	2	
东南	民国路	4	最低2角	兰心	蒲石路		最低1元
东海	茂海路	4	最低2角	夏令配克	静安寺路		最低4角
新中央	海宁路	4	最低3角	丽都	北京路	2	
山西	北山西路	4	最低2角	光陆	博物馆路	2	最低1元
华德	东熙华德路	5		上海	虹江路	2	最低4角
恩派亚	八仙桥	6	最低2角	月光	白尔路	3	
荣金	康悌路	6		巴黎	霞飞路	3	最低4角
蓬莱	蓬莱市场	7		九星	福熙路	3	最低2角
共和	西门方浜桥	7	最低2角	百老汇	汇山路	4	最低2角
卡德	卡德路	7	最低2角	威利	乍浦路	4	最低4角
万国	西华德路	8	最低2角	浙江	浙江路	5	最低2角
天堂	东嘉兴路	8		辣斐	辣斐路	5	
世界	春云路	9	最低2角	虹口	乍浦路	5	最低2角
奥飞姆	曹家渡	9		东和馆	乍浦路		
黄金	八仙桥		最低2角	明珠	福生路		最低2角

资料来源：蒋信恒：《上海观影指南》，载《中国无声电影》第191—198页。吴贻弓主编：《上海电影志》，第616—618页，上海：上海社会科学出版社，1999年。

上表据1935年上海市政府关于全城电影院的一份普查报告整理得到。42家电影院中，主映国产片和外国影片的各有二十一家。其中外片大多是以派拉蒙、环球等为代表的好莱坞电影，虹口和东和馆两家专映日本片；主映国片的电影院的片源主要是明星、联华、天一三家大公司。从表中可以看出主映外片的影院在票价上较主映国片的影院整体高出一倍或更多。在当时的上海，一个一般经济水平五口之家每月有66银元，其中用于交通、娱乐、卫生、教育的支出占33.1%。[①]在各项娱乐活动中，京剧话剧票每张6角到1元，跳舞场门票1元，西式游艺场门券1元，相对而言电影票价并不高，尤其是1轮之后的国产片，2到4角的票价有可能成为一般市民，甚至是穷人的消遣选择。另外，国产影院放映影片的轮次很多都在五轮之外，这意味着一方面国片放映的时间会相当长，同时这些电影的票价也必然有更多的档次。较大的票价区间无疑使处在不同收入水平上的老板富商、学生职员、普通工人都能够进入影院。在1939年对上海丝织工人的一份调查中，就有不少青年工人喜欢周末去西海露天电影场看便宜电影。[②]从电影院的分布来看，主映西片的影院多集中于租界，并以霞飞路、西藏路等中心路段为主，而国片影院相对较分散，租界、华界甚至比较偏远的路段也有。

从上面的数据和分析不难见，尽管制作精良、曲折动人的好莱坞电影在上海电影文化中极为引人瞩目，奢侈华丽的"卡尔登""大光明"电影院也充分代表了大都市的形象和繁华，但是，就整个上海市市民的消费状况来说，国片的普及程度可能要超过好莱坞电影，而这在三十年代中后期有声片制作日益精良后，更为显著。

那么，看电影对于这些走进影院的观众来说意味着什么呢？1934年郑正秋导演的《姐妹花》在公映中取得了巨大成功。[③]对观众来说，这出戏的动人之处首先在于这是一个家庭故事。母女、夫妻、姐妹之间的悲欢离合让人感同身受。影片最后姐姐大宝对富贵的妹妹发出一番激昂的陈述和指责，更让观众集体起立，共同鼓掌。于是，一个有意思的问题出现了：基于电影故事的感动、同情和悲愤如何能够由个人的情绪集合为一种公共的情感？这个问题看起来似乎天经地义、自然而然。然而，如果我们将之与市民看戏时的状态做一个比较，可能会发现一些有意思的东西。

1905年的《大公报》上记载了这样一个观戏场景：北京庆乐园有一天演出

---

① 参见陈明远：《文化人的经济生活》，上海：文汇出版社，2005年。

② 朱邦兴、胡林阁、徐声合编：《上海产业与上海职工》，上海：上海人民出版社，1984年，第103页。

③ 据当时报纸记载这部影片在新光大戏院公映十六天后仍场场爆满，估计连映二十天以上也不成问题，这已经打破上海一切中外影片的卖座纪录了。絮絮：《关于姐妹花为什么被狂热的欢迎？》，《大晚报》，1934年2月28日。

《桑园寄子》。当演到父子抱头大哭，弃子负侄时，全剧达到高潮。台上的演员悲痛欲绝，台下观众也忍不住悲伤。一个后场的老头这时感动得泪流不止，旁边一个年轻人见了，大声失笑，旁边的观众听闻，纷纷转头看这个老头，一时间，反倒忘了刚刚台上的悲苦，笑着欣赏起老头来。① 与之相比，可以看一看张爱玲描述的电影院的场景："电影已经开映多时，穿堂里空荡荡的，冷落了下来，便成了宫怨的场面，遥遥听见别殿的箫鼓。"② 张爱玲极为敏锐地感受到影片放映时，影院的安静和空旷。在她的小说中，主人公尽管肩并肩地在电影院里看完了一场电影，但相互之间的一个表情、一句话却要等到影片散后，在拥挤的人群中才能实现。这之间的差别与戏园和影院所代表的不同的观看方式有很大关系。

从晚清吴友如所绘之"申江胜景图之华人戏园"可以看到，传统戏台尽管有较为突出的舞台，但台下的观众并不全都是面向舞台认真听戏的。他们吃吃喝喝、互相交谈，还有人背对着舞台听戏而不看戏。但是，在现代剧场和电影院中，观看方式发生了很大的改变，所有的座位都有秩序地朝向舞台或荧幕，观众们需要履行观众的职责，将精力集中于台上的故事。因此戏园子里台上台下两场戏的局面在剧场或电影院中是绝不可能出现的。三十年代大剧场的戏剧演出就常常出现因台下观众的嘈杂引发的演出问题和各种不满的意见，③ 电影放映中的喧哗和嘈杂也会被认为是缺乏教养，引发其他观众的愤怒。④

在电影院中，称职的观众沉浸在这些与自己生活如此贴近的"戏"里，他们不能参与到台上的演员和故事中，却可以在台下拍手或哭泣。这些高兴或悲伤的情感来源于发自内心的认同，但与听戏不同，好的观众应当心无旁骛；也与小说不同，这些观众需要在影院里对影片做出最迅速和最直接的表态与反应。当每个人内心的感触汇集成大家共同的拍手、流泪和哄笑时，一种集体的认同就可能在复杂的市民中建立起来。

---

① 《大公报》1905年5月26日，转自李孝悌：《清末的下层社会启蒙运动：1901—1911》，石家庄：河北教育出版社，2001年，第174-175页。

② 张爱玲：《多少恨》，广州：花城出版社，1987年，第1页。

③ 参见葛飞：《戏剧、革命和都市漩涡——1930年代左翼剧运、剧人在上海》，北京：北京大学出版社，2008年，，第144-145页。

④ 可参看老舍的小说《有声电影》，《老舍文集》（第十四卷），北京：人民文学出版社，1995年。

四、电影"国语"与共同体的建构

1930年代有声片正出现在这样一个趋势中：一方面，与同乡组织逐步参与政府事务和以民族国家为名义的各种运动同时发生的是，在从"乡民"到"市民"的过程中，以家乡意识为核心的习惯发生改变。另一方面，国产电影在激励竞争中依然有自己的市场，混合了好莱坞传奇与本土美学的国产片在中国观众那里也颇受欢迎。①与在社会组织层面融入"大联合"相比，观念和习惯上的改变显然更加困难。在由电影"国语"整合和确立的新的共同体的过程中，我们能看到与传统家乡观念和习惯的角斗始终存在。

1933年粤语电影《白金龙》在上海完成拍摄，这部由粤剧名伶薛觉先和唐雪卿主演的电影推出之后，在上海、广东、香港和东南亚大受欢迎，导演汤晓丹就此成名。随后，市场上掀起了拍摄粤语片的风潮，粤语电影的制作逐渐成为一股势力。1937年国民政府为推行国语运动，禁止方言影片，粤语片首当其冲遭遇禁令。禁令下达后引起了港粤电影公司的不满，曾任上海市市长的吴铁成领头一班广东人上书主管部门，表示粤语片事件是上海影界摧残同业的行为。②上海的报刊媒体普遍认为应当禁止粤语片，其原因除了粤语片影响了国语片的市场外，最主要的意见还是认为粤语片的流行有碍于国语的普及。③

在这个事件中，有两点颇为值得留意。国民政府以"国语"为由禁拍粤语片，说明了电影从无声到有声的巨大的价值变化。"国语"也第一次在大众传播的意义上从书面的、视觉的转至口语的、听觉的。禁止方言电影以推进国语运动，看上去天经地义，当时报刊对这一事件的舆论导向也都是要求禁止方言片来维护电影中"国语"的地位。但是如果我们注意到在大众文艺的相关讨论中还有使用方言创作的倡议，更早一点，胡适在称赞第一部吴语文学作品

---

① 参见李欧梵：《上海摩登：一种新都市文化在中国1930—1945》，毛尖译，上海：三联书店，2008年。

② 《关于粤语声片粤省府之一电报》，载《电声周刊》第25期，第1083页，1937年6月25日。

③ 《粤语片存废问题集议》，载《电声周刊》第25期，第1085页，1937年6月25日。

《海上花》时,认为作者最大的贡献是他采用了苏州土话①,那么似乎可以看到这样一些痕迹:在现代文学要争取更多读者(尤指中下层读者)时,方言可以作为某种技术手段,使作品更加灵活、受众更广。但与文字相比,语言显然与地域和地域观念的关系更牢固,因此,"有粤人必有粤语片"的观念,实际上意味着与"大联合"的趋势以及与新的共同体的建立相违背的地域集团的观念。在有声片中,语言与画面一样,不仅是影片的技术也是意识形态的表征。1930年代粤语电影在由"国语"表征的新的共同体的建构中被驱逐出场,这不仅是在电影制作上粤语片丧失了合法性,以拍摄粤语片为主的公司和导演也逐渐远离了民国电影的基地上海,迁移至香港。

其次,在主张禁片的言论中,粤语片受到质疑的另一个原因是粤语片意味着一种趣味低劣的电影类型。

1930年代大多粤语片都由粤剧改编而成,演员也多采用伶星结合的模式,比如白驹荣和胡蝶主演《泣荆花》(1934),马师曾和谭兰卿主演《野花香》(1935)。粤语片过多采用粤剧元素是这类片型遭到诟病的主要原因,一篇名为《由舞台跨到银幕的港粤影星:粤语片的低劣大部分是他们功劳》的文章认为:"华南电影界的糟,是不可掩饰的事实,而最糟的一点,就是雇佣那些不学无术、无才无艺的伶人来演电影,以致演出来的戏非骡非马不知像些什么。"②粤语片型的问题看起来似乎是对戏曲与电影结合的质疑,但是从1920到1940年代在上海拍摄了不少京剧电影的梅兰芳却没有受到任何诟病。这其中的原因显然与京剧作为"国剧"的地位相关,与之相比作为地方戏的粤剧,其代表的只是局部的地域文化,是小部分人的趣味和习俗。在这一事件中,尽管确实存在很多粤语片粗制滥造的问题,但是从粤语片到劣片的价值判断,不能不说有在新的共同体生成的过程中,语言在地域上的并列关系向高低优劣的价值区别的转变。

---

① 胡适:《〈海上花列传〉序》,韩子云著、张爱玲注译:《海上花开　海上花落》,上海:上海古籍出版社,1995年。

② 《由舞台跨到银幕的港粤影星:粤语片的低劣大部分是他们功劳》,载《电声周刊》1937年第6卷30期,第1284页。

结语

将1930年代粤语片与国语片竞争并告失败的故事，放置在"民众大联合"的社会背景下来考察，意在突出"国语"片的历史意义。这一意义，有已被不少学者讨论过、由影像和文本阐释所呈现的多种寓言式的表征，亦有其在新的共同体确立和话语组织的过程中特殊的历史位置。这正是文本所致力凸现的。

另外，本文略有涉及的地方性问题，在现代文学的研究中，已有学者重点论述过。①我们不必将地方性看作是取代民族国家的另一套议论框架，但它或许可以成为帮助我们把对向历史的镜头推得更近一些，看得更仔细一些的方法。事实上，有关"地方"的诸多问题并没有在国家的建构中消融，直至今日，它仍是一个颇为显眼的有关自然、社会和文化的命题。

（本文发表于《文艺研究》2010年第5期，收录本书时有删改）

---

① 可参见：Kinkley, Jeffrey C. *The Odyssey of Shen Congwen*. Stanford: Stanford University Press, 1987. Daruvala, Susan. *Zhou Zuoren: An Alternative Chinese Response to Modernity*. Cambridge: Harvard University Asia Center, 2000.

情色反战：

两部 1950—1960 年代的日本反战电影

当下的日本电影喜欢讲日本复兴的故事，不是特定指哪一次建国，是普遍地喜欢回忆和再现那些昂扬、乐观、建设性的过去。有名的人物和街市的小市民，都健康蓬勃地参与在各个时段的复兴里：明治维新的时刻、军事崛起的时刻、科技突进的时刻、战后复兴的时刻、东京塔建起的时刻、奥运降临东京的时刻……重现正能量演义，保持对本国青年人的自尊和热血的涤荡，也让其他国家的人一次又一次地领悟近现代日本令人赞叹的品质。

但更过去的日本电影并非如此面目，尤其是与战争有关的那些。和它们相比，新的复兴故事似乎幸福得儿童化了。这里当然不是说，对待同一个历史，反战主题天然比复兴故事要正义、要深刻。在笼罩我们这个时代的各种雷同风格的影响下，有关战争的故事已经被讲得很相似了，正能量就那一种，故事比认识更局限，反战也只是呕心沥血的路数。现在我们把 1955 年成濑巳喜男的《浮云》和 1966 年增村保造的《赤色天使》拿出来说一遍，就是要看看关于七十年前那场大仗的依然新鲜的说法和处理形式。

情色反战

《赤色天使》往往被归类在情色片里，这没什么不对。若尾文子主演的这个电影，虽然不算是 1960—1970 年代让日本影坛惊艳情热的粉红电影（*Pink Film*）之一，但一定启蒙了后来的那些影片。拜这个国家放得下我执、热爱女性、热爱自己对女性的投降式的热情的男人所赐，我们可以感受到若尾文子肉弹、情欲、直击男性性欲想象等声誉背后实在的吸引力。若尾文子是能够从 1960 年代日本新兴蓬勃气象中抽象出的存在，她在大多数电影里的形象，比如《青空娘》《最最杰出的夫人》和《疯癫老人日记》里，展示着属于城市的、属于经济和消费的新型色欲。

《赤色天使》电影海报

　　但在《赤色天使》中,情色是存在主义的、是救人的、是反战的。

　　当然,以规矩的眼光看,情色在这个电影里的广泛布置,会给人好笑的感觉,也会有正统意见认为这并非严肃反思侵略战争。但事实上,正是因为"情色"通过"性"直接关心了人的"存在",这部电影在众多反战影片中显出异常独特的贴切感。

　　《赤色天使》的故事从1939年一个名叫阿樱的女护士从日本来到日军在天津的兵站医院讲起。医院里大多是已经伤愈但赖着不想回战场的士兵,他们生龙活虎地感受着无聊,并在阿樱到天津的第一个晚上强奸了她。随后,这些士兵宿命般地返回了战场。强奸女护士是医院的普通事件,阿樱平淡接受了,两个月后她被派往情况更为惨烈的前线医院,也正是在前线医院,阿樱重遇了强奸她的士兵,看着他重伤死亡。

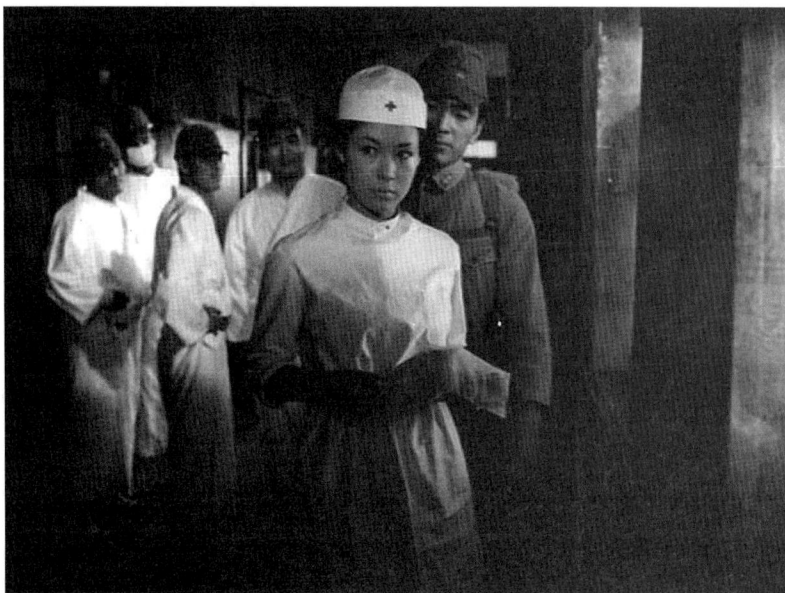

日军陆军护士阿樱

　　根据影片中有限的信息，这个前线医院位于华北，主要收治在敌后战场上遭遇游击战的日本伤兵，一次战斗下来，接收伤员数量常以百计。电影用了大量篇幅展现前线医院的惨烈场面：受伤的士兵多是被弹片伤了四肢等待截肢的，医院没有麻醉药，士兵的手和腿就硬被切掉。人们处理死尸简单麻利如同周转货物。这是一个不给情绪留任何空间的地方。阿樱这样描述她的所见：

　　　　三天三夜，要给两百多个士兵做手术，那些军医们和我们护士一样，在不眠不休地手术。在这期间，许多的士兵被连续抬到医院。有些人正在等着手术，有些人正在接受手术，有些人在手术后死去，他们都被抬到了尸体停放所。在第三天结束的时候，从死去士兵身上取下的标志堆成了小山。

阿樱在前线医院的上级是岗部军医。他以上级的名义命令阿樱陪睡，但不是性上的，只是安慰和倾诉。岗部向阿樱倾诉了自己战争中感到的巨大的疏离感和对自我的质疑：

　　　　那些大卡车运来的负伤兵，我能怎么办。那些断了骨头的士兵很快因为流血过多而死，这里没有输血的药品和工具，所以我只能断他们的手脚，能接好的也断下来。他们对我的评价是切工很好，到现在为止切掉的手脚可能有好几百，制造了几百独手独脚的人，数都数不完。那些独手独脚的士兵会幸福吗？说不定死了变成鬼更幸福。这样的人也可以叫作医生么，我觉得真是不可思议。

接受了军医存在主义困惑洗礼的阿樱从前线回到天津兵站医院后，就遇到了这样一个双臂截断的士兵。士兵沉痛地向阿樱倾诉了自己的性的匮乏和渴望：他已无双手不能自慰。电影接下来的部分进入了情色最关怀人的存在的时刻。阿樱把断臂士兵带进城里的旅馆，在旅馆里诱发士兵的探索，满足他所有的要求，躺在阿樱怀里的士兵流着泪承认了自己的幸福，随后跳楼自杀了。

阿樱与双臂截肢的士兵在天津的旅馆

战争中人的存在感

岗部军医是《赤色天使》的一缕精魂。他整个人的状态，把战争中人的存在感焦虑激烈、清楚地提了出来。我们现在能够从很多角度去罗列七十年前那场大战中人们遭受的具体苦难，涉及生命、肉体、温饱或家庭等，但一个被卷入战争的完整单独的个人，精神上要以多大的强度承受战争，用什么方法平衡战争的冲击，是非常难用知识去想象的。

岗部军医有高超的技术，严谨的工作态度，他始终保持极强的意识要履行好军医的职责，但在灵魂上却无法说服自己工作的意义是什么。战争和每天面对的血腥伤残，严重地伤害了他的神经，他把所剩无几的意志保留给工作，每天晚上依赖注射麻药入睡。这是一个有很强存在主义特征的人。《赤色天使》的导演增村保造是一个接受过很好现代主义经验和技术教养的导演，1950年代从东京大学毕业后就去意大利跟随费里尼、安东尼奥尼学习电影。所以，岗部军医被赋予这样的特征是一点都不稀奇的，电影安排给他很多关于战争和人之存在的陈述，这些陈述清醒得冷酷：

> 我是医生，但是在这里不能像医生一样工作，不靠药物的力量来忘掉一切，也许我就活不下去了，就像是士兵们为了忘记在前线杀人的事，总是被教育成这些是为了国家一样。
>
> 这是互相之间不知道什么时候就死的战场。大家都是陌生人，不把自己想成一个独立的人就没办法生存下去。
>
> 军队的人不是人，他们是东西，就当他们是一张纸也罢……这个一等兵手术就能好吗？我只能进行判断，所以有时候不想当医生，刚才的士兵我知道他会死的，还是努力给他手术，在我心里留下的外科的荣誉和信念，到现在完全是白费了。

陪睡的阿樱

战争对精神和神经的伤害直接影响了军医的性功能，当然这一点在情色反战的主题下，辉煌地由若尾文子完美圆润的肉体解决了。军医对阿樱也在麻木中体会到了恋爱。这是一个天真得有神话感的设计，而其发生的背景是一个更加荒谬的环境。军医和阿樱作为医疗队成员被派往前线据点，他们到了有几十人的据点才发现，这里的日本军官和士兵已因性病毁掉了一大半的兵力。很快,游击队对这个据点发动了攻击,除了阿樱以外,所有的人都死了。

日本的殖民地记忆

作为反战电影,在日本《电影旬报》票选的百年十大日本电影里排名第二的《浮云》,比《赤色天使》要正统得多。这个片子拍摄于1955年,故事的背景是1945年日本战败,许多日本人在经过了数年的去国离乡后,开始从太平洋战场撤退回国。这时候的日本也不是收留他们的乐土。投降前夕盟军在日本本土的轰炸,摧毁了住宅、街道、商店,也使经济拮据的一般人家在生活中愈发挣扎。轰炸遗留下的废墟提醒着人们战败的事实,有的人能够顺利厘清现实,抓住战后的社会机会,发现一个"上升"时代,而有的人耽于对战争的回忆,艰难地去理解自己在战后日本的人生。

这个电影是根据林芙美子的长篇小说《浮云》改编的。战争期间,以《放浪记》成名的林芙美子随日军"笔部队"到过中国和东南亚的新加坡、爪哇、婆罗洲等地。《浮云》与她的这段经历有很深联系。有意思的是,跟《赤色天使》相似,《浮云》里也有一个爱情故事,也基本上是女人负责爱情,男人负责关于战争最核心的困惑和虚无。

男主角富岗是日本农林省的一个小官员,战争期间被派到安南(即越南)大叻工作。大叻是法国人开拓的,用于度假、打猎之类,城里有很多华丽的西洋建筑,城外有法国人开辟的种植园和树林。依靠军事扩张,日本取代了法国成为这里的新主人,富岗和农林省新进职员雪子来到了这个远离祖国、远离家庭的梦幻之地,他们在异国风情中走到一起了。

但没过多久日本战败了,所有派往殖民地的日本人逃难般地回国了。富岗由此开始了冗长的对殖民地时光的回忆,也疲劳地寻找着自己在战后日本的位置。小说里他曾是爱好托尔斯泰、陀思妥耶夫斯基的文学青年,也是一个典型的虚无主义的个人。富岗回国之后始终无法找到应对现实的合适情绪,也找不到养家糊口的工作。他在两三个女人间游走,他对现实感到空虚和无聊,对女人激起的片刻热情既眷恋又冷漠。富岗

《浮云》小说作者林芙美子

男主角富岗

常常念叨安南的生活，一遍遍回想植物、建筑、同事、和他发生关系的安南女佣和一个混血孩子，后来他靠给农林杂志写在大叻的回忆为生。

殖民地经验究竟意味着什么？这对现代中国人来说恐怕是一个很陌生的问题，日本人也不拿手，这是一个属于在全球殖民扩张时期经历了黄金期的老牌资本主义国家的问题。林芙美子敏感地意识到了这一点。小说里，看到了法国人奢侈生活的雪子，心中发生了震动，通过雪子的感受，林芙美子对比着法国人和日本人的国民性格：即使是在自己殖民地上，是在美丽放松的大叻，日本人还是只能如同局外人一般紧张焦虑地工作。富岗的感受更为直接，他钦佩法国人在安南耐心有序的规划，钦佩他们的植物学者耗费大量时间的精妙研究，他觉得终生忙碌如蚂蚁般的日本人即使占据了土地，也绝不会对这里发生影响。那些孩子一样砍伐植被的日本人把一切（比如造林事业）都想象成战争。这样的心情逐渐上升成对民族性格和战争的反思：法国人成功又优雅的殖民史是大陆性格宽阔从容的表达，而富岗绝望地怀疑一个小小岛国上的官员面对热带浩瀚的植被时，既渺小又无能。他把自己比喻成在本土意气风发、想大干一场的"日本杉"，移到安南后只能日渐萎缩。

经历了太平洋战争的富岗，矛盾地承受殖民地经历给他的感觉：一方面他留恋殖民地生活,感慨战争带给他这样的普通日本人难得的人生体验;另一方面他无力拯救自己破败的家,对比战败前后自己的社会地位,感慨当下日本已是风光不再。同时他沉迷于日本人与安南人、法国人的对比,对日本民族在其他文明面前的虚弱感到苦涩。这样的男人对现实生活已心如死灰,他对女人不能了解战败日本的痛苦非常反感,有一种不断想掐死雪子的冲动。

《浮云》的导演成濑巳喜男给这个时候的富岗加了一段小说中没有的,但很显眼的戏。富岗和雪子相约去旅行自杀,在火车站等雪子时,富岗恍惚地看着眼前一支队伍打着旗帜、标语正在游行,队伍里的年轻人高声唱着《国际歌》。日本的1950、1960年代其实是一个思想、运动蓬勃的年代,特别是马克思主义和毛泽东思想,引发了具有社会影响的左翼学生运动。但在富岗眼里,这些热情澎湃的主义、游行、思想都没有意义,他所有的经验和感觉都沉溺在日本战败之中,不仅是失败的失落,还有自卑,和迷迷茫茫未完成的幻梦与意志。

(本文发表于"澎湃",收录本书时有删改)

手艺里的现世神气

—— 评《胡金铨武侠电影作法》

中国香港、台湾电影有那么二三十年的时间,光芒万丈。不用跟欧洲和好莱坞比,自己看自己,就已经是迷人的传统,能被一代代的人发现,吸收成为上佳趣味。电影与文学的区别之一,是它辐射生活表层的范围更广,以至于我们都分不清,过日子的很多状态和影像到底谁是谁的副本。这些表层其实是光彩飞扬的风华,跳跃着生命力,终究体现了人的光辉。这本访谈录里胡金铨讲的故事和他的讲述风格,正是这样的关于电影的神气。

现在市面上谈论电影的文字,大约流行这样一些词:IP、资本、院线、思想、批判、社会问题,这些词汇不是不好,但给人的压力挺大的。胡金铨谈电影却是喜悦感,把访问者和读者带动得乐观、活泼又投入,这种喜悦也许与当时电影行业的状态不无关系。

在中国电影的1930年代,电影制作有浓厚的手工业性质,美工师往往决定着影片的品质,许多著名导演,比如史东山、吴永刚、沈西苓都是美工师出身。胡金铨初入电影行业,也是从美工科干起,在剧组里搞布景,所以他当了导演后,对布景、服装和道具尤其上心。在这本大量披露电影"作法"的访谈录里,我们会非常惊讶电影是"做"出来的,是一个集探险、手工与化学实验于一体的上天入地的过程。比如战争给韩国遗留下来许多精通爆炸的专才,他们贡献了《山中传奇》里真实的烟火;用盐酸腐蚀墙壁,造成残旧感;花了9个月的时间给《侠女》搭古建筑;为照顾柯达彩色胶片的发色,在张艾嘉的白裙上加上淡蓝色,拍出了耀目的美丽。

胡金铨讲了很多这样的事,这让人想到,威廉·布莱克制作诗集,是蚀刻而成,冯梦龙一边讲着让人梦迷的故事,一边是个刊刻书籍的高手。现在拍动作片,似乎常是人挂根钢丝在绿色幕布前表演,之后,一切依赖电脑。这让人感到绝望,演出是分裂的,景观是虚拟的,合在一起的画面谁都知道是假的。胡金铨和他那个时候的电影,因此有一种生龙活虎创世界的光晕,当然也是人文主义的。当采访者问及《龙门客栈》最后的大决战时,胡金铨心不在焉地问大家有没有注意到演员背后的云海,因为那云海太好看了,而那么一片云海不是常可以看见的,他就拍下来了。这回答太奇妙以致化解了《龙门客栈》经典地位带来的压力,他把电影放在了最让人自由享受的状态上,这难道不是最好的工作感觉、最高明的关于电影的认识?

跟他津津乐道手工业式地制作电影一样,胡金铨对电影故事也是秉持手艺活的态度。什么是手艺活?手艺活就是讲究,讲究来龙去脉、有据可循,讲究品质和价值,绝不会松垮随意、纵横芜杂。胡金铨是个有考证气质的人。他曾自费去美国、英国查资料,访问学界权威,为自己喜欢的作家老舍写了一本研究论著。胡金铨迷恋明朝,爱拍明朝故事,也就成了明史专家。他为了拍《龙门客栈》,研究吴晗的明史著作,去台北故宫博物院总结锦衣卫的服装;拍《侠女》,在类书里考察明代的武器和战争;拍《空山灵雨》和《山中传奇》,在中国古典小说里找故事的奇谋妙计。胡金铨拍明朝,是正史眼光。他关心的东西,权力斗争、间谍、倭寇、民族、战争,是政治史和制度史的趣味,现在更流行的一些社会史和文化史的东西,其实还都不在他的视野里。

胡金铨在访谈里讲过一个造火车的人,他叫庐熔轩,1920年代他30岁的时候,卖掉纺织厂,花了自己全部财产去研究单轨火车。火车计划因"卢沟桥事变"停止,当时黄河有决堤危险,他又去发明水利泄洪分流。胡金铨高兴地跟访问者说,庐熔轩的妻子因为不满,离家出走了,后来又回来了,但他根本不会理会这些事情,全身心投入研究中去,我觉得他这个精神好了不起。这种状态的人,大概就是胡金铨的偶像。

所以,胡金铨拍电影认真,耗时长,花钱多,拍得也很辛苦。大概是因为这个原因,1990年徐克请他出山拍《笑傲江湖》,两人很快不和拆了伙。胡金铨讲了这段过往,他一不适应徐克要拍一个浪漫的明朝,二不忍故事缺乏逻辑,只求场面,三也接受不了徐克灵感化的工作方式。不过,胡金铨没说因为他研究服装的时间过长,片商等不及了,徐克的公司也快倒闭。他离开后,徐克花了一个月的时间拍完《笑傲江湖》,成了新一代人的经典。从胡金铨到徐克,武侠片不再追求稳定踏实的气质,《笑傲江湖》后来的几部一个比一个迷乱,故事渐趋乱搞,感情放纵怪诞,影片唯以大量风格化元素抢眼。但这不能说是退化,胡金铨在文人武侠里实验极致,徐克则不断创生类型,比如《黄飞鸿》系列、《青蛇》、《梁祝》和神秘无比的《刀》,我们能在这些类型中找到来自胡金铨的元素,而它们具有新鲜冲击力的实验性,即使现在看来也都达到了非常成熟的程度。

　　胡金铨在这本书里聊了自己的一生,这一生有两个事特别重要,一是移民,一是电影。两件事合在一起,就是20世纪40年代末电影从上海向香港的一次迁移。讲沪港"双城"故事的书和电影,数不胜数了,而胡金铨在访谈中呈现出的另一种变化局面,更有余味。

　　我们一般会把《侠女》和《大醉侠》称为武侠电影,但胡金铨说那不是武打、功夫,而是戏曲里的舞蹈。胡金铨出生在北京,整个家族爱看戏,他是从小受京剧熏陶的人,对地方戏也有研究,这可能是民国大户人家孩子的基本教养。他不喜欢在电影里用真武打,一方面是觉得没必要,他认为东方文化不依靠这些实打实的东西,而讲究成竹在胸时刻的整体形象,另一方面,电影里的动作渊源于戏,也是继承影史传统。1928年,上海明星公司拍了一部卖座神片《火烧红莲寺》,此片大量使用京剧行头和动作,又发明了一直沿用至今的吊钢丝,神怪奇观引得万人空巷,后来的三年里竟连拍了18集。胡金铨再拍武侠时,戒掉了怪力乱神,把严肃的正史背景和文人视野拿进电影,成就了一代风格之作。

　　也正是在胡金铨的新武侠里,后来的香港武打电影有了端倪。胡金铨的主演多是有舞蹈根底的人,比如郑佩佩,但许多背景式的打手、喽啰常是由有真功夫的人出演,这些人有一个统一的职业名称:龙虎武师。龙虎武师多是京剧戏班出身,当时香港有两个重要的戏班师傅,于占元和粉菊花,一个是武生,一个是武旦,他们教出来的孩子本要靠戏生存,但梨园市场很快被电影冲垮,他们就到胡金铨这样的武侠片大导演手下找活干,当绿叶衬红花,仗着有武术根基让主角们实实在在的拳打脚踢,挣口饭钱。洪金宝、成龙、元彪、元奎、林正英都做过胡金铨的龙虎武师,这个职业的艰辛和无望,在1988年洪金宝和林正英主演的一部自传性电影《七小福》里,有非常心酸的再现。但武打元素的日益走红,改变了他们的命运,他们中的很多人逐渐升级为电影的武术指导。1972年胡金铨的《迎春阁之风波》的职员表里,正式打出了洪金宝的名字。1981年,洪金宝导演,元彪和林正英主演的《败家仔》问世,这个在戏曲内外展现咏春招式的喜剧片,也许可以成为武打电影终于告别戏曲的象征,龙虎武师出身的一代动作明星已然成熟。

　　胡金铨是大制片厂时代的导演,一个垂直垄断的产业链给了他上佳的创作空间,而徐克和洪金宝是继承与突围时代的电影人,他们与大制片厂式微,香港经济在20世纪80、90年代达到史无前例的繁荣有直接关系。大量资本涌入电影业，催生出遍地开花的电影公司，这给了很多人拍电影的机会，但也造成极大的动荡不安。市场经济原则主导了电影制造业，拍电影必须耗时短、盈利高，粗制滥造之作和低俗喜剧因此大量繁殖。在这个过程中，有些电影公司拍一片即死，幸运些的能熬久一点，走红的电影主题在短时间内被简单粗暴地复制翻拍，直至榨干。我们当下商业电影的状况，似乎跟当时香港电影最糟的面貌颇有相近，但其实远赶不上。我们电影院里放的很多东西，已经很难说是电影了，其市场运作的方式让人感到那可能根本就是个用来泵动资金流淌的装置。而与此同时，我们又如此依赖数字和网络，故事被网红话头替代，演员被点击量控制，所有的山水不过是块草绿色的布。

　　所以，这本访谈录让我们再一次领会电影手艺中的现世神气时，充满了阅读的喜悦感。访谈录由两位日本作者五年间对胡金铨作的三次采访集结而成，这两位作者中的山田宏一，是法国导演特吕弗的好友，写作了数本关于特吕弗的著作。如果看过特吕弗的电影《日以作夜》(Day for Night)的话，我们会知道他是一个对电影制作法有清醒觉悟的导演。而山田宏一正是带着为世界保存电影"作法"秘密的目的，对胡金铨作了这三次采访。访谈的问题设计重要、具体、到位，胡金铨从1932年自己出生一直谈到1996年，他讲了他所有电影的制作过程和未来的电影计划。想到最后一次采访后的一年多，胡金铨突然去世，他的这些谈话就分外珍贵了。应该一提的是，喜欢胡金铨和对1960—1990年代香港电影特别是武侠片感兴趣的人，应该都能在该书中找到欣喜的内容。而研究香港电影、华语电影、冷战期间大陆与港台文化交流与传播的学者，也会在该书中发现电影内外真实鲜活的历史。

（本文发表于《新京报·书评周刊》，2015年12月5日）